# Les
# Conteurs
# Galants

DES

XVII<sup>e</sup> ET XVIII<sup>e</sup> SIÈCLES

*Ornés de 149 gravures en taille-douce*

PAR DUPLESSIS-BERTAUX

A. LE VASSEUR ET C<sup>ie</sup>

ÉDITEURS

33, rue de Fleurus, 33

PARIS

# CONTES

## DE

# LA FONTAINE

À la Réclamation
de Monsieur,
il a été répondu
qu'il n'y avait
pas eu de

nouveau tirage

# CONTES

### ET

# NOUVELLES

### EN VERS

#### PAR

## JEAN DE LA FONTAINE

—

### TOME PREMIER

## PARIS

## A. LE VASSEUR ET Cie, ÉDITEURS

33, rue de Fleurus, 33

—

1894

# PRÉFACE DE L'AUTEUR

## SUR LE PREMIER TOME DE CES CONTES

———

J'avois résolu de ne consentir à l'impression de ces contes qu'après que j'y pourrois joindre ceux de Boccace qui sont le plus à mon gout ; mais quelques personnes m'ont conseillé de donner dès-à-présent ce qui me reste de ces bagatelles, afin de ne pas laisser refroidir la curiosité de les voir, qui est encore en son premier feu. Je me suis rendu à cet avis sans beaucoup de peine, et j'ai cru pouvoir profiter de l'occasion. Non seulement cela m'est permis, mais ce seroit vanité à moi de mépriser un tel avantage. Il me suffit de ne pas vouloir qu'on impose en ma faveur à qui que ce soit, et de suivre un chemin contraire à celui de certaines gens qui ne s'acquierent des amis que pour s'acquérir des suffrages par leur moyen ; créatures de la cabale, bien différents de cet Espagnol qui se piquoit d'être fils de ses propres œuvres. Quoique j'aie autant de besoin de ces artifices que pas un autre, je ne saurois me résoudre à les employer : seulement je

m'accommoderai, s'il m'est possible, au gout de mon
siècle, instruit que je suis par ma propre expérience
qu'il n'y a rien de plus nécessaire. En effet on ne peut
pas dire que toutes saisons soient favorables pour
toutes sortes de livres. Nous avons vu les rondeaux,
les métamorphoses, les bouts-rimés, régner tour à
tour ; maintenant ces galanteries sont hors de mode,
et personne ne s'en soucie : tant il est certain que
ce qui plait en un temps peut ne pas plaire en un
autre ! Il n'appartient qu'aux ouvrages vraiment
solides, et d'une souveraine beauté, d'être bien reçus
de tous les esprits et dans tous les siècles, sans avoir
d'autre passe-port que le seul mérite dont ils sont
pleins. Comme les miens sont fort éloignés d'un
si haut degré de perfection, la prudence veut que je
les garde en mon cabinet, à moins que de bien
prendre mon temps pour les en tirer. C'est ce que
j'ai fait ou que j'ai cru faire dans cette édition, où
je n'ai ajouté de nouveaux contes que parce qu'il m'a
semblé qu'on étoit en train d'y prendre plaisir. Il y
en a que j'ai étendus, et d'autres que j'ai accourcis,
seulement pour diversifier et me rendre moins en-
nuyeux. Mais je m'amuse à des choses auxquelles on
ne prendra peut-être pas garde, tandis que j'ai lieu
d'appréhender des objections bien plus importantes.
On m'en peut faire deux principales : l'une, que ce
livre est licencieux ; l'autre, qu'il n'épargne pas assez
le beau sexe. Quant à la première, je dis hardiment
que la nature du conte le vouloit ainsi ; étant une
loi indispensable selon Horace, ou plutôt selon la
raison et le sens commun, de se conformer aux

choses dont on écrit. Or, qu'il ne m'ait été permis d'écrire de celles-ci, comme tant d'autres l'ont fait et avec succès, je ne crois pas qu'on le mette en doute ; et l'on ne me sauroit condamner que l'on ne condamne aussi l'Arioste devant moi, et les anciens devant l'Arioste. On me dira que j'eusse mieux fait de supprimer quelques circonstances, ou tout au moins de les déguiser. Il n'y avoit rien de plus facile ; mais cela auroit affoibli le conte, et lui auroit ôté de sa grace. Tant de circonspection n'est nécessaire que dans les ouvrages qui promettent beaucoup de retenue dès l'abord, ou par leur sujet, ou par la maniere dont on les traite. Je confesse qu'il faut garder en cela des bornes, et que les plus étroites sont les meilleures : aussi faut-il m'avouer que trop de scrupule gâteroit tout. Qui voudroit réduire Boccace à la même pudeur que Virgile ne feroit assurément rien qui vaille, et pécheroit contre les lois de la bienséance, en prenant à tâche de les observer. Car, afin que l'on ne s'y trompe pas, en matière de vers et de prose, l'extrême pudeur et la bienséance sont deux choses bien différentes. Cicéron fait consister la derniere à dire ce qu'il est à propos qu'on dise eu égard au lieu, au temps, et aux personnes qu'on entretient. Ce principe une fois posé, ce n'est pas une faute de jugement que d'entretenir les gens d'aujourd'hui de contes un peu libres. Je ne peche pas non plus en cela contre la morale. S'il y a quelque chose dans nos écrits qui puisse faire impression sur les ames, ce n'est nullement la gaieté de ces contes ; elle passe légèrement : je craindrois plutôt une douce mélancolie, où les romans les plus chastes et les plus modestes sont très-capables de nous plonger, et qui est une grande préparation pour l'amour. Quant à la seconde objection, par laquelle on me reproche que ce livre fait tort aux femmes, on auroit raison si je parlois sérieusement : mais qui ne voit que ceci est jeu, et par conséquent ne peut porter coup ? Il ne faut pas avoir peur que les mariages en soient à l'avenir moins fréquents, et les maris plus fort sur leur garde. On me peut encore objecter que ces contes ne sont pas fondés, ou qu'ils ont partout un fondement aisé à détruire ; enfin, qu'il y a des absurdités, et pas la moindre teinture de vraisemblance. Je réponds en peu de mots que j'ai mes garants ; et puis, ce n'est ni le vrai ni le vraisemblable qui font la beauté et la grace de ces choses-ci ; c'est seulement la maniere de les conter. Voilà les principaux points sur quoi j'ai cru être obligé de me défendre. J'abandonne le reste aux censeurs : aussi bien seroit-ce une entreprise infinie que de prétendre répondre à tout. Jamais la critique ne demeure court ni ne manque de sujets de s'exercer : quand ceux que je puis prévoir lui seroient ôtés, elle en auroit bientôt trouvé d'autres.

# CONTES

## DE

# LA FONTAINE

# JOCONDE

NOUVELLE TIRÉE DE L'ARIOSTE

Jadis régnoit en Lombardie
Un prince aussi beau que le jour,
Et tel que des beautés qui régnoient à sa cour
La moitié lui portoit envie,
L'autre moitié brûloit pour lui d'amour.
Un jour, en se mirant : Je fais, dit-il, gageure
Qu'il n'est mortel dans la nature
Qui me soit égal en appas,
Et gage, si l'on veut, la meilleure province
De mes États ;
Et, s'il s'en rencontre un, je promets, foi de prince,

De le traiter si bien qu'il ne s'en plaindra pas.
A ce propos s'avance un certain gentilhomme
      D'auprès de Rome.
  Sire, dit-il, si Votre Majesté
    Est curieuse de beauté,
    Qu'elle fasse venir mon frere :
    Aux plus charmants il n'en doit guere ;
Je m'y connois un peu, soit dit sans vanité.
Toutefois, en cela pouvant m'être flatté,
Que je n'en sois pas cru, mais les cœurs de vos dames :
    Du soin de guérir leurs flammes
Il vous soulagera, si vous le trouvez bon :
Car de pourvoir vous seul au tourment de chacune,
Outre que tant d'amour vous seroit importune,
Vous n'auriez jamais fait ; il vous faut un second.
    Là-dessus Astolphe répond
(C'est ainsi qu'on nommoit ce roi de Lombardie) :
Votre discours me donne une terrible envie
De connoître ce frere : amenez-le-nous donc.
Voyons si nos beautés en seront amoureuses,
    Si ses appas le mettront en crédit ;
    Nous en croirons les connoisseuses,
    Comme très-bien vous avez dit.
Le gentilhomme part, et va quérir Joconde :
    (C'est le nom que ce frere avoit).
    A la campagne il vivoit,
    Loin du commerce du monde ;
Marié depuis peu ; content, je n'en sais rien.

Sa femme avoit de la jeunesse,
De la beauté, de la délicatesse ;
Il ne tenoit qu'à lui qu'il ne s'en trouvât bien.
Son frere arrive, et lui fait l'ambassade ;
Enfin il le persuade.
Joconde, d'une part, regardoit l'amitié
D'un *roi* puissant, et d'ailleurs fort aimable ;
Et, d'autre part aussi, sa charmante moitié
Triomphoit d'être inconsolable,
Et de lui faire des adieux
A tirer les larmes des yeux.
Quoi ! tu me quittes ! disoit-elle ;
As-tu bien l'ame assez cruelle
Pour préférer à ma constante amour
Les faveurs de la cour ?
Tu sais qu'à peine elles durent un jour :
Qu'on les conserve avec inquiétude,
Pour les perdre avec désespoir.
Si tu te lasses de me voir,
Songe au moins qu'en ta solitude
Le repos regne jour et nuit ;
Que les ruisseaux n'y font du bruit
Qu'afin de t'inviter à fermer la paupiere.
Crois-moi, ne quitte point les hôtes de tes bois,
Ces fertiles vallons, ces ombrages si cois.
Enfin moi, qui devrois me nommer la premiere :
Mais ce n'est plus le temps ; tu ris de mon amour :
Va, cruel, va montrer ta beauté singulière ;

Je mourrai, je l'espere, avant la fin du jour.
L'histoire ne dit point ni de quelle maniere
Joconde put partir, ni ce qu'il répondit,
    Ni ce qu'il fit, ni ce qu'il dit;
Je m'en tais donc aussi, de crainte de pis faire.
Disons que la douleur l'empêcha de parler ;
C'est un fort bon moyen de se tirer d'affaire.
Sa femme, le voyant tout près de s'en aller,
L'accable de baisers, et, pour comble, lui donne
    Un bracelet de façon fort mignonne,
    En lui disant : Ne le perds pas ;
    Et qu'il soit toujours à ton bras,
Pour te ressouvenir de mon amour extrême ;
Il est de mes cheveux, je l'ai tissu moi-même :
    Et voilà de plus mon portrait,
    Que j'attache à ce bracelet.
Vous autres, bonnes gens, eussiez cru que la dame
    Une heure après eût rendu l'ame ;
Moi, qui sais ce que c'est que l'esprit d'une femme,
    Je m'en serois à bon droit défié.
Joconde partit donc; mais, ayant oublié
    Le bracelet et la peinture,
    Par je ne sais quelle aventure,
    Le matin même il s'en souvient :
  Au grand galop sur ses pas il revient,
Ne sachant quelle excuse il feroit à sa femme.
Sans rencontrer personne, et sans être entendu,
Il monte dans sa chambre, et voit près de la dame

Un lourdaud de valet sur son sein étendu.

Tous deux dormoient. Dans cet abord, Joconde

Voulut les envoyer dormir en l'autre monde ;

    Mais cependant il n'en fit rien ;

    Et mon avis est qu'il fit bien.

    Le moins de bruit que l'on peut faire

        En telle affaire

    Est le plus sûr de la moitié.

    Soit par prudence, ou par pitié,

    Le Romain ne tua personne.

D'éveiller ces amants, il ne le falloit pas ;

    Car son honneur l'obligeoit en ce cas

        De leur donner le trépas.

    Vis, méchante, dit-il tout bas ;

A ton remords je t'abandonne.
Joconde là-dessus se remet en chemin,
Rêvant à son malheur tout le long du voyage.
Bien souvent il s'écrie, au fort de son chagrin :
     Encor si c'étoit un blondin,
Je me consolerois d'un si sensible outrage ;
     Mais un gros lourdaud de valet !
     C'est à quoi j'ai plus de regret :
     Plus j'y pense, et plus j'en enrage.
Ou l'amour est aveugle, ou bien il n'est pas sage
     D'avoir assemblé ces amants.
     Ce sont, hélas ! ses divertissements ;
     Et possible est-ce par gageure
     Qu'il a causé cette aventure !
Le souvenir fâcheux d'un si perfide tour
     Alteroit fort la beauté de Joconde :
     Ce n'étoit plus ce miracle d'amour
     Qui devoit charmer tout le monde.
Les dames, le voyant arriver à la cour,
     Dirent d'abord : Est-ce là ce Narcisse
     Qui prétendoit tous nos cœurs enchaîner ?
     Quoi ! le pauvre homme a la jaunisse !
     Ce n'est pas pour nous la donner.
     A quel propos nous amener
     Un galant qui vient de jeûner
       La quarantaine ?
On se fût bien passé de prendre tant de peine.
Astolphe étoit ravi; le frere étoit confus,

Et ne savoit que penser là-dessus :
Car Joconde cachoit avec un soin extrême
La cause de son ennui.
On remarquoit pourtant en lui,
Malgré ses yeux cavés et son visage blême,
De forts beaux traits, mais qui ne plaisoient point,
Faute d'éclat et d'embonpoint.
Amour en eut pitié : d'ailleurs cette tristesse
Faisoit perdre à ce dieu trop d'encens et de vœux ;
L'un des plus grands suppôts de l'empire amoureux
Consumoit en regrets la fleur de sa jeunesse.
Le Romain se vit donc à la fin soulagé
Par le même pouvoir qui l'avoit affligé.
Car un jour, étant seul en une galerie,
Lieu solitaire et tenu fort secret,
Il entendit, en certain cabinet,
Dont la cloison n'étoit que de menuiserie,
Le propre discours que voici :
« Mon cher Curtade, mon souci,
J'ai beau t'aimer, tu n'es pour moi que glace :
Je ne vois pourtant, Dieu merci,
Pas une beauté qui m'efface :
Cent conquérants voudroient avoir ta place ;
Et tu sembles la mépriser,
Aimant beaucoup mieux t'amuser
A jouer avec quelque page
Au lansquenet,
Que me venir trouver seule en ce cabinet.

Dorimene tantôt t'en a fait le message ;
    Tu t'es mis contre elle à jurer,
    A la maudire, à murmurer,
Et n'as quitté le jeu que ta main étant faite,
Sans te mettre en souci de ce que je souhaite. »
Qui fut bien étonné ? ce fut notre Romain.
    Je donnerois jusqu'à demain
    Pour deviner qui tenoit ce langage,
    Et quel etoit le personnage
    Qui gardoit tant son quant à moi.
    Ce bel Adon étoit le nain du roi,
    Et son amante étoit la reine.
    Le Romain sans beaucoup de peine
    . Les vit, en approchant les yeux
Des fentes que le bois laissoit en divers lieux.
Ces amants se fioient au soin de Dorimene ;
Seule elle avoit toujours la clef de ce lieu-là :
Mais, la laissant tomber, Joconde la trouva,
    Puis s'en servit, puis en tira
    Consolation non petite ;
    Car voici comme il raisonna :
Je ne suis pas le seul ; et puisque même on quitte
Un prince si charmant pour un nain contrefait,
    Il ne faut pas que je m'irrite
    D'être quitté pour un valet.
Ce penser le console ; il reprend tous ses charmes ;
    Il devient plus beau que jamais :
    Telle pour lui verse des larmes

Qui se moquoit de ses attraits.
C'est à qui l'aimera ; la plus prude s'en pique :
    Astolphe y perd mainte pratique.
Cela n'en fut que mieux ; il en avoit assez.
Retournons aux amants que nous avons laissés.
Après avoir tout vu, le Romain se retire,
    Bien empêché de ce secret.
Il ne faut à la cour ni trop voir, ni trop dire ;
Et peu se sont vantés du don qu'on leur a fait
    Pour une semblable nouvelle.
Mais quoi ! Joconde aimoit avecque trop de zele
Un prince libéral qui le favorisoit,
Pour ne pas l'avertir du tort qu'on lui faisoit.
Or, comme avec les rois il faut plus de mystere
Qu'avecque d'autres gens sans doute il n'en faudroit,
Et que de but en blanc leur parler d'une affaire
    Dont le discours leur doit déplaire
    Ce seroit être maladroit,
Pour adoucir la chose, il fallut que Joconde
    Depuis l'origine du monde
Fit un dénombrement des rois et des Césars
Qui, sujets comme nous à ces communs hasards,
  Malgré les soins dont leur grandeur se pique,
    Avoient vu leur femme tomber
    En telle ou semblable pratique,
    Et l'avoient vu sans succomber
  A la douleur, sans se mettre en colere,
    Et sans en faire pire chere,

Moi qui vous parle, sire, ajouta le Romain,
Le jour que pour vous voir je me mis en chemin,
    Je fus forcé par mon destin
    De reconnoître cocuage
    Pour un des dieux du mariage,
  Et, comme tel, de lui sacrifier.
Là-dessus il conta, sans en rien oublier,
    Toute sa déconvenue ;
    Puis vint à celle du roi.
Je vous tiens, dit Astolphe, homme digne de foi ;
    Mais la chose, pour être crue,
      Mérite bien d'être vue :
      Menez-moi donc sur les lieux.
  Cela fut fait ; et de ses propres yeux
      Astolphe vit des merveilles,
Comme il en entendit de ses propres oreilles.
L'énormité du fait le rendit si confus
Que d'abord tous ses sens demeurerent perclus ;
Il fut comme accablé de ce cruel outrage :
Mais bientôt il le prit en homme de courage,
    En galant homme, et, pour le faire court,
      En véritable homme de cour.
Nos femmes, ce dit-il, nous en ont donné d'une :
    Nous voici lâchement trahis :
  Vengeons-nous-en, et courons le pays ;
      Cherchons partout notre fortune.
      Pour réussir dans ce dessein,
Nous changerons de noms ; je laisserai mon train ;

Je me dirai votre cousin,
Et vous ne me rendrez aucune déférence :
Nous en ferons l'amour avec plus d'assurance,
  Plus de plaisir, plus de commodité,
Que si j'étois suivi selon ma qualité.
Joconde approuva fort le dessein du voyage.
  Il nous faut, dans notre équipage,
Continua le prince, avoir un livre blanc,
    Pour mettre les noms de celles
    Qui ne seront pas rebelles ;
    Chacune selon son rang.
  Je consens de perdre la vie,
Si, devant que sortir des confins d'Italie,
    Tout notre livre ne s'emplit,

Et si la plus sévère à nos vœux ne se range
   Nous sommes beaux ; nous avons de l'esprit ;
   Avec cela bonnes lettres de change :
     Il faudroit être bien étrange
     Pour résister à tant d'appas,
     Et ne pas tomber dans les lacs
De gens qui semeront l'argent et la fleurette,
    Et dont la personne est bien faite.
Leur bagage étant prêt, et le livre surtout,
    Nos galants se mettent en voie.
    Je ne viendrois jamais à bout
De nombrer les faveurs que l'amour leur envoie.
    Nouveaux objets, nouvelle proie :
Heureuses les beautés qui s'offrent à leurs yeux !
Et plus heureuse encor celle qui peut leur plaire !
     Il n'est, en la plupart des lieux,
     Femme d'échevin ni de maire,
     De podestat, de gouverneur,
     Qui ne tienne à fort grand honneur
     D'avoir en leur registre place.
     Leurs cœurs que l'on croyoit de glace
     Se fondent tous à leur abord.
     J'entends déjà maint esprit fort
     M'objecter que la vraisemblance
     N'est pas en ceci tout à fait.
     Car, dira-t-on, quelque parfait
Que puisse être un galant dedans cette science,
Encor faut-il du temps pour mettre un cœur à bien.

S'il en faut, je n'en sais rien ;
Ce n'est pas mon métier de cajoler personne :
Je le rends comme on me le donne ;
Et l'Arioste ne ment pas.
Si l'on vouloit à chaque pas
Arrêter un conteur d'histoire,
Il n'auroit jamais fait ; suffit qu'en pareil cas
Je promets à ces gens quelque jour de les croire.
Quand nos aventuriers eurent goûté de tout
(De tout un peu, c'est comme il faut l'entendre)
Nous mettrons, dit Astolphe, autant de cœurs à bout
Que nous voudrons en entreprendre ;
Mais je tiens qu'il vaut mieux attendre.
Arrêtons-nous pour un temps quelque part,
Et cela plutôt que plus tard ;
Car en amour, comme à la table,
Si l'on en croit la Faculté,
Diversité de mets peut nuire à la santé.
Le trop d'affaires nous accable :
Ayons quelque objet en commun ;
Pour tous les deux c'est assez d'un.
J'y consens, dit Joconde, et je sais une dame
Près de qui nous aurons toute commodité.
Elle a beaucoup d'esprit ; elle est belle ; elle est femme
D'un des premiers de la cité.
Rien moins, reprit le roi : laissons la qualité ;
Sous les cotillons des grisettes
Peut loger autant de beauté

Que sous les jupes des coquettes.
D'ailleurs il n'y faut point faire tant de façon.
  Être en continuel soupçon,
Dépendre d'une humeur fière, brusque, ou volage,
  Chez les dames de haut parage
Ces choses sont à craindre, et bien d'autres encor :
  Une grisette est un trésor ;
  Car, sans se donner de la peine,
  Et sans qu'au bal on la promene.
  On en vient aisément à bout ;
On lui dit ce qu'on veut, bien souvent rien du tout.
Le point est d'en trouver une qui soit fidele :
  Choisissons-la toute nouvelle,
Qui ne connoisse encor ni le mal ni le bien.
Prenons, dit le Romain, la fille de notre hôte ;
  Je la tiens pucelle sans faute,
  Et si pucelle, qu'il n'est rien
  De plus puceau que cette belle :
  Sa poupée en sait autant qu'elle.
J'y songeois, dit le roi ; parlons-lui dès ce soir.
  Il ne s'agit que de savoir
Qui de nous doit donner à cette jouvencelle,
  Si son cœur se rend à nos vœux,
La premiere leçon du plaisir amoureux.
Je sais que cet honneur est pure fantaisie ;
Toutefois, étant roi, l'on me le doit céder :
Du reste, il est aisé de s'en accommoder.
Si c'étoit, dit Joconde, une cérémonie,

Vous auriez droit de prétendre le pas ;
Mais il s'agit d'un autre cas.
Tirons au sort ; c'est la justice ;
Deux pailles en feront l'office.
De la chape à l'évêque, hélas ! ils se battoient,
Les bonnes gens qu'ils étoient !
Quoi qu'il en soit, Joconde eut l'avantage
Du prétendu pucelage.
La belle étant venue en leur chambre le soir
Pour quelque petite affaire,
Nos deux aventuriers près d'eux la firent seoir,
Louerent sa beauté, tâcherent de lui plaire,
Firent briller une bague à ses yeux.
A cet objet si précieux
Son cœur fit peu de résistance.
Le marché se conclut ; et, dès la même nuit,
Toute l'hôtellerie étant dans le silence,
Elle les vient trouver sans bruit.
Au milieu d'eux ils lui font prendre place,
Tant qu'enfin la chose se passe
Au grand plaisir des trois, et surtout du Romain,
Qui crut avoir rompu la glace.
Je lui pardonne ; et c'est en vain
Que de ce point on s'embarrasse.
Car il n'est si sotte, après tout,
Qui ne puisse venir à bout
De tromper à ce jeu le plus sage du monde :
Salomon, qui grand clerc étoit.

Le reconnoît en quelque endroit
Dont il ne souvint pas au bonhomme Joconde.
    Il se tint content pour le coup,
    Crut qu'Astolphe y perdoit beaucoup.
    Tout alla bien, et maître pucelage
    Joua des mieux son personnage.
Un jeune gars pourtant en avoit essayé.
Le temps, à cela près, fut fort bien employé,
Et si bien, que la fille en demeura contente.
    Le lendemain elle le fut encor,
    Et même encor la nuit suivante.
    Le jeune gars s'étonna fort
Du refroidissement qu'il remarquoit en elle ;
Il se douta du fait, la guetta, la surprit,
    Et lui fit grosse querelle.
Afin de l'appaiser, la belle lui promit,
Foi de fille de bien, que, sans aucune faute,
Leurs hôtes délogés, elle lui donneroit
Autant de rendez-vous qu'il en demanderoit.
Je n'ai souci, dit-il, ni d'hôtesse ni d'hôte ;
Je veux cette nuit même, ou bien je dirai tout.
    Comment en viendrons-nous à bout ?
    Dit la fille fort affligée.
De les aller trouver je me suis engagée :
    Si j'y manque, adieu l'anneau
    Que j'ai gagné bien et beau.
Faisons que l'anneau vous demeure,
Reprit le garçon tout à l'heure.

Dites-moi seulement, dorment-ils fort tous deux ?
  Oui, reprit-elle, mais entre eux
Il faut que toute nuit je demeure couchée ;
Et tandis que je suis avec l'un empêchée,
L'autre attend sans mot dire, et s'endort bien souvent,
  Tant que le siege soit vacant :
  C'est là leur mot. Le gars dit à l'instant :
Je vous irai trouver pendant leur premier somme.
  Elle reprit : Ah ! gardez-vous en bien,
  Vous seriez un mauvais homme.
  Non, non, dit-il, ne craignez rien,
  Et laissez ouverte la porte.
  La porte ouverte elle laissa :
  Le galant vint et s'approcha
  Des pieds du lit, puis fit en sorte
  Qu'entre les draps il se glissa ;
  Et Dieu sait comme il se plaça,
  Et comme enfin tout se passa.
  Et de ceci, ni de cela
  Ne se douta le moins du monde
  Ni le roi lombard, ni Joconde.
  Chacun d'eux pourtant s'éveilla,
  Bien étonné de telle aubade.
  Le roi lombard dit à part soi :
  Qu'a donc mangé mon camarade ?
  Il en prend trop, et, sur ma foi,
  C'est bien fait s'il devient malade.
Autant en dit de sa part le Romain,

Et le garçon, ayant repris haleine,
S'en donna pour le jour, et pour le lendemain,
   Enfin pour toute la semaine.
Puis, les voyant tous deux rendormis à la fin,
   Il s'en alla de grand matin,
   Toujours par le même chemin,
   Et fut suivi de la donzelle,
   Qui craignoit fatigue nouvelle.
  Eux éveillés, le roi dit au Romain :
   Frère, dormez jusqu'à demain ;
   Vous en devez avoir envie,
Et n'avez à présent besoin que de repos.
—Comment ! dit le Romain : mais vous même, à propos,
Vous avez fait tantôt une terrible vie.

  — Moi ? dit le roi, j'ai toujours attendu ;
  Et puis, voyant que c'étoit temps perdu,
   Que sans pitié ni conscience
Vous vouliez jusqu'au bout tourmenter ce tendron,
   Sans en avoir d'autre raison
   Que d'éprouver ma patience,
Je me suis, malgré moi, jusqu'au jour endormi.
   Que s'il vous eût plu, notre ami,
  J'aurois couru volontiers quelque poste ;
  C'eût été tout, n'ayant pas la riposte
   Ainsi que vous : qu'y feroit-on ?
   — Pour Dieu, reprit son compagnon,
Cessez de vous railler, et changeons de matière.
Je suis votre vassal ; vous l'avez bien fait voir.

I

C'est assez que tantôt il vous ait plu d'avoir
  La fillette tout entière.
 Disposez-en ainsi qu'il vous plaira ;
Nous verrons si ce feu toujours vous durera.
— Il pourra, dit le roi, durer toute ma vie,
Si j'ai beaucoup de nuits telles que celle-ci.
— Sire, dit le Romain, treve de raillerie ;
Donnez-moi mon congé, puisqu'il vous plait ainsi,
Astolphe se piqua de cette repartie ;
Et leurs propos s'alloient de plus en plus aigrir,
  Si le roi n'eût fait venir
  Tout incontinent la belle.
  Ils lui dirent : Jugez-nous,
  En lui contant leur querelle.

Elle rougit, et se mit à genoux :
    Leur confessa tout le mystère.
    Loin de lui faire pire chère,
Ils en rirent tous deux : l'anneau lui fut donné,
    Et maint bel écu couronné,
Dont peu de temps après en la vit mariée,
    Et pour pucelle employée.
    Ce fut par là que nos aventuriers
    Mirent fin à leurs aventures.
    Se voyant chargés de lauriers
Qui les rendront fameux chez les races futures ;
Lauriers d'autant plus beaux qu'il ne leur en coûta
    Qu'un peu d'adresse et quelques feintes larmes,
Et que loin des dangers et du bruit des alarmes
    L'un et l'autre les remporta.
Tout fiers d'avoir conquis les cœurs de tant de belles,
    Et leur livre étant plus que plein,      ·
    Le roi lombard dit au Romain :
Retournons au logis par le plus court chemin.
    Si nos femmes sont infideles,
    Consolons-nous ; bien d'autres le sont qu'elles.
La constellation changera quelque jour ;
    Un temps viendra que le flambeau d'amour
Ne brûlera les cœurs que de pudiques flammes :
A présent on diroit que quelque astre malin
Prend plaisir aux bons tours des maris et des femmes.
    D'ailleurs tout l'univers est plein
De maudits enchanteurs, qui des corps et des âmes

Font tout ce qui leur plaît : savons-nous si ces gens,
  Comme ils sont traîtres et méchants,
Et toujours ennemis, soit de l'un, soit de l'autre,
N'ont point ensorcelé mon épouse et la vôtre :
  Et si par quelque étrange cas
Nous n'avons point cru voir chose qui n'étoit pas ?
Ainsi que bons bourgeois achevons notre vie,
Chacun près de sa femme, et demeurons-en là.
Peut-être que l'absence, ou bien la jalousie,
Nous ont rendu leurs cœurs que l'hymen nous ôta.
Astolphe rencontra dans cette prophétie.
Nos deux aventuriers, au logis retournés,
Furent très-bien reçus, pourtant un peu grondés,
  Mais seulement par bienséance.
L'un et l'autre se vit de baisers régalé ;
On se récompensa des pertes de l'absence.
  Il fut dansé, sauté, ballé,
  Et du nain nullement parlé,
  Ni du valet, comme je pense.
Chaque époux, s'attachant auprès de sa moitié,
Vécut en grand soulas, en paix, en amitié,
  Le plus heureux, le plus content du monde.
La reine à son devoir ne manqua d'un seul point :
  Autant en fit la femme de Joconde :
  Autant en font d'autres qu'on ne sait point.

# LE COCU BATTU ET CONTENT

NOUVELLE TIRÉE DE BOCCACE

N'a pas longtemps de Rome revenoit
Certain cadet, qui n'y profita guère,
Et volontiers en chemin séjournoit,
Quand par hasard le galant rencontroit
Bon vin, bon gite, et belle chambrière.
Avint qu'un jour, en un bourg arrêté,
Il vit passer une dame jolie,
Leste, pimpante, et d'un page suivie ;
Et la voyant, il en fut enchanté,
La convoita, comme bien savoit faire.
Prou de pardons il avait rapporté ;

De vertu peu : chose assez ordinaire.
La dame étoit de gracieux maintien,
De doux regard, jeune, fringante et belle,
Somme qu'enfin il ne lui manquoit rien,
Fors que d'avoir un ami digne d'elle.
Tant se la mit le drôle en la cervelle,
Que dans sa peau peu ni point ne duroit :
Et s'informant comment on l'appeloit :
C'est, lui dit-on, la dame du village ;
Messire Bon l'a prise en mariage,
Quoiqu'il n'ait plus que quatre cheveux gris :
Mais, comme il est des premiers du pays,
Son bien supplée au défaut de son âge.
Notre cadet tout ce détail apprit,
Dont il conçut espérance certaine.
Voici comment le pèlerin s'y prit.
Il renvoya dans la ville prochaine
Tous ses valets, puis s'en fut au château,
Dit qu'il étoit un jeune jouvenceau
Qui cherchoit maître, et qui savoit tout faire.
Messire Bon, fort content de l'affaire,
Pour fauconnier le loua bien et beau,
Non toutefois sans l'avis de sa femme.
Le fauconnier plut très-fort à la dame ;
Et n'étant homme en tel pourchas nouveau,
Guère ne mit à déclarer sa flamme.
Ce fut beaucoup ; car le vieillard étoit
Fou de sa femme, et fort peu la quittoit,

Sinon les jours qu'il alloit à la chasse.
Son fauconnier, qui pour lors le suivoit,
Eût demeuré volontiers en sa place ;
La jeune dame en étoit bien d'accord :
Ils n'attendoient que le temps de mieux faire.
Quand je dirai qu'il leur en tardoit fort,
Nul n'osera soutenir le contraire.
Amour enfin, qui prit à cœur l'affaire,
Leur inspira la ruse que voici.
La dame dit un soir à son mari :
Qui croyez-vous le plus rempli de zele
De tous vos gens ? Ce propos entendu,
Messire Bon lui dit : J'ai troujours cru
Le fauconnier garçon sage et fidele :
Et c'est à lui que plus je me fierois.
— Vous auriez tort, repartit cette belle :
C'est un méchant. Il me tint l'autre fois
Propos d'amour, dont je fus si surprise,
Que je pensai tomber tout de mon haut ;
Car qui croirait une telle entreprise ?
Dedans l'esprit il me vint aussitôt
De l'étrangler, de lui manger la vue :
Il tint à peu ; je n'en fus retenue
Que pour n'oser un tel cas publier.
Même, à dessein qu'il ne le pût nier,
J'y fis semblant d'y vouloir condescendre ;
Et cette nuit, sous un certain poirier,
Dans le jardin je lui dis de m'attendre.

Mon mari, dis-je, est toujours avec moi,
Plus par amour que doutant de ma foi ;
Je ne me puis dépêtrer de cet homme,
Sinon la nuit, pendant son premier somme :
D'auprès de lui tâchant de me lever,
Dans le jardin je vous irai trouver.
Voilà l'état où j'ai laissé l'affaire.
Messire Bon se mit fort en colere.
Sa femme dit : Mon mari, mon époux,
Jusqu'à tantôt cachez votre courroux ;
Dans le jardin attrapez-le vous-même :
Vous le pourrez trouver fort aisément ;
Le poirier est à main gauche en entrant.
Mais il nous faut user de stratagéme :
Prenez ma jupe, et contrefaites-vous ;
Vous entendrez son insolence extréme :
Lors d'un bâton donnez-lui tant de coups,
Que le galant demeure sur la place.
Je suis d'avis que le friponneau fasse
Tel compliment à des femmes d'honneur !
L'époux retint cette leçon par cœur.
Onc il ne fut une plus forte dupe
Que ce vieillard, bon homme au demeurant.
Le temps venu d'attraper le galant,
Messire Bon se couvrit d'une jupe,
S'encornetta, courut incontinent
Dans le jardin, où ne trouva personne :
Garde n'avoit ; car, tandis qu'il frissonne,

Claque des dents, et meurt quasi de froid,
Le pélerin, qui le tout observoit,
Va voir la dame, avec elle se donne
Tout le bon temps qu'on a, comme je croi,
Lorsqu'amour seul étant de la partie,
Entre deux draps on tient femme jolie,
Femme jolie, et qui n'est point à soi.
Quand le galant, un assez bon espace,
Avec la dame eut été dans ce lieu,
Force lui fut d'abandonner la place ;
Ce ne fut pas sans le vin de l'adieu.
Dans le jardin il court en diligence.
Messire Bon, rempli d'impatience,
A tous moments sa paresse maudit.
Le pélerin, d'aussi loin qu'il le vit,
Feignit de croire apercevoir la dame,
Et lui cria : Quoi donc, méchante femme,
A ton mari tu brassois un tel tour !
Est-ce le fruit de son parfait amour ?
Dieu soit témoin que pour toi j'en ai honte !
Et de venir ne tenois quasi compte,
Ne te croyant le cœur si perverti,
Que de vouloir tromper un tel mari.
Or bien, je vois qu'il te faut un ami :
Trouvé ne l'as en moi, je t'en assure.
Si j'ai tiré ce rendez-vous de toi,
C'est seulement pour éprouver ta foi ;
Et ne t'attends de m'induire à luxure.

Grand pécheur suis ; mais j'ai là, Dieu merci,
De ton honneur encor quelque souci.
A Monseigneur ferois-je un tel outrage ?
Pour toi, tu viens avec un front de page !
Mais, foi de Dieu ! ce bras te châtiera,
Et Monseigneur puis après le saura.
Pendant ces mots l'époux pleuroit de joie,
Et, tout ravi, disoit entre ses dents :
Loué soit Dieu, dont la bonté m'envoie
Femme et valet si chastes, si prudents !
Ce ne fut tout ; car à grands coups de gaule
Le pèlerin vous lui froisse une épaule ;
De horions laidement l'accoutra ;
Jusqu'au logis ainsi le convoya.
Messire Bon eût voulu que le zele
De son valet n'eût été jusques-là ;
Mais, le voyant si sage et si fidele,
Le bon-hommeau des coups se consola.
Dedans le lit sa femme il retrouva ;
Lui conta tout, en lui disant : Ma mie,
Quand nous pourrions vivre cent ans encor,
Ni vous ni moi n'aurions de notre vie
Un tel valet : c'est sans doute un trésor.
Dans notre bourg je veux qu'il prenne femme :
A l'avenir traitez-le ainsi que moi.
Pas n'y faudrai, lui repartit la dame ;
Et de ceci je vous donne ma foi.

# LE MARI CONFESSEUR

CONTE TIRÉ DES CENT NOUVELLES NOUVELLES

MESSIRE Artus, sous le grand roi François,
Alla servir aux guerres d'Italie ;
Tant qu'il se vit, après maints beaux exploits,
Fait chevalier en grand'cérémonie.
Son général lui chaussa l'éperon,
Dont il croyoit que le plus haut baron
Ne lui dût plus contester le passage.
Si s'en revint tout fier en son village,
Où ne surprit sa femme en oraison.
Seule il l'avoit laissée à la maison ;
Il la retrouve en bonne compagnie,

Dansant, sautant, menant joyeuse vie,
Et des muguets avec elle à foison.
Messire Artus ne prit goût à l'affaire ;
Et ruminant sur ce qu'il devoit faire :
Depuis que j'ai mon village quitté,
Si j'étois crû, dit-il, en dignité
De cocuage et de chevalerie ;
C'est moitié trop : sachons la vérité.
Pour ce s'avise, un jour de confrérie,
De se vêtir en prêtre, et confesser.
Sa femme vient à ses pieds se placer.
De prime abord sont par la bonne dame
Expédiés tous les péchés menus ;
Puis, à leur tour les gros étant venus,
Force lui fut qu'elle changeât de gamme.
Pere, dit-elle, en mon lit sont reçus
Un gentilhomme, un chevalier, un prêtre.
Si le mari ne se fut fait connoître,
Elle en alloit enfiler beaucoup plus :
Courte n'étoit pour sûr la kyrielle.
Son mari donc l'interrompt là-dessus ;
Dont bien lui prit. Ah ! dit-il, infidele !
Un prêtre même ! A qui crois-tu parler ?
A mon mari, dit la fausse femelle
Qui d'un tel pas se sut bien démêler.
Je vous ai vu dans ce lieu vous couler,
Ce qui m'a fait douter du badinage.
C'est un grand cas qu'étant homme si sage

Vous n'ayez su l'énigme débrouiller.
On vous a fait, dites-vous, chevalier ;
Auparavant vous étiez gentilhomme ;
Vous êtes prêtre avecque ces habits.
Béni soit Dieu ! dit alors le bonhomme :
Je suis un sot de l'avoir si mal pris.

# LE SAVETIER

Un savetier, que nous nommerons Blaise,
Prit belle femme, et fut très-avisé.
Les bonnes gens, qui n'étoient à leur aise,
S'en vont prier un marchand peu rusé
Qu'il leur prêtât dessous bonne promesse
My-muid de grain ; ce que le marchand fait.
Le terme échu, ce créancier les presse,
Dieu sait pourquoi : le galant, en effet,
Crut que par-là baiseroit la commere.
Vous avez trop de quoi me satisfaire,
Ce lui dit-il, et sans débourser rien :
Accordez-moi ce que vous savez bien.
Je songerai, répond-elle, à la chose :

Puis vient trouver Blaise tout aussitôt,
L'avertissant de ce qu'on lui propose.
Blaise lui dit : Parbleu ! femme, il nous faut
Sans coup férir rattraper notre somme.
Tout de ce pas allez dire à cet homme
Qu'il peut venir, et que je n'y suis point.
Je veux ici me cacher tout à point.
Avant le coup demandez la cédule ;
De la donner je ne crois qu'il recule :
Puis tousserez, afin de m'avertir,
Mais haut et clair, et plutôt deux fois qu'une.
Lors de mon coin vous me verrez sortir
Incontinent, de crainte de fortune.
Ainsi fut dit, ainsi s'exécuta ;
Dont le mari puis après se vanta ;
Si que chacun glosoit sur ce mystere,
Mieux eût valu tousser après l'affaire,
Dit à la belle un des plus gros bourgeois ;
Vous eussiez eu votre compte tous trois.
N'y manquez plus, sauf après de se taire.
Mais qu'en est-il, or çà, belle, entre nous ?
Elle répond : Ah ! monsieur, croyez-vous
Que nous ayons tant d'esprit que vos dames ?
Notez qu'illec, avec deux autres femmes,
Du gros bourgeois l'épouse étoit aussi.
Je pense bien, continua la belle,
Qu'en pareil cas madame en use ainsi ;
Mais quoi ! chacun n'est pas si sage qu'elle,

# LE PAYSAN

## QUI AVOIT OFFENSÉ SON SEIGNEUR

Un paysan son seigneur offensa :
L'histoire dit que c'étoit bagatelle ;
Et toutefois ce seigneur le tança
Fort rudement. Ce n'est chose nouvelle.
Coquin, dit-il, tu mérites la hard :
Fais ton calcul d'y venir tôt ou tard ;
C'est une fin à tes pareils commune.
Mais je suis bon ; et de trois peines l'une
Tu peux choisir : ou de manger trente aulx,
J'entends sans boire, et sans prendre repos ;

Ou de souffrir trente bons coups de gaules,
Bien appliqués sur tes larges épaules ;
Ou de payer sur le champ cent écus.
Le paysan consultant là-dessus :
Trente aulx sans boire ! ah ! dit-il en soi-même,
Je n'appris onc à les manger ainsi.
De recevoir les trente coups aussi,
Je ne le puis sans un péril extrême.
Les cent écus, c'est le pire de tous.
Incertain donc il se mit à genoux,
Et s'écria : Pour Dieu, miséricorde !
Son seigneur dit : Qu'on apporte une corde :
Quoi ! le galant m'ose répondre encor !
Le paysan, de peur qu'on ne le pende,
Fait choix de l'ail ; et le seigneur commande
Que l'on en cueille, et surtout du plus fort.
Un après un lui-même il fait le compte ;
Puis, quand il voit que son calcul se monte
A la trentaine, il les met dans un plat ;
Et cela fait, le malheureux pied-plat
Prend le plus gros, en pitié le regarde,
Mange, et rechigne, ainsi que fait un chat
Dont les morceaux sont frottés de moutarde.
Il n'oseroit de la langue y toucher.
Son seigneur rit, et surtout il prend garde
Que le galant n'avale sans mâcher.
Le premier passe ; aussi fait le deuxieme :
Au tiers il dit : Que le diable y ait part !

Bref, il en fut à grand'peine au douzieme,
Que s'écriant : Haro ! la gorge m'ard !
Tôt, tôt, dit-il, que l'on m'apporte à boire !
Son seigneur dit : Ah ! ah ! sire Grégoire,
Vous avez soif ! je vois qu'en vos repas
Vous humectez volontiers le lampas.
Or buvez donc, et buvez à votre aise :
Bon prou vous fasse ! Hola, du vin, hola !
Mais, mon ami, qu'il ne vous en déplaise,
Il vous faudra choisir, après cela,
Des cent écus ou de la bastonnade,
Pour suppléer au défaut de l'aillade.
Qu'il plaise donc, dit l'autre, à vos bontés
Que les aulx soient sur les coups précomptés ;
Car pour l'argent, par trop grosse est la somme :
Où la trouver, moi qui suis un pauvre homme ?
Hé bien, souffrez les trente horions,
Dit le seigneur ; mais laissons les oignons.
Pour prendre cœur, le vassal en sa panse
Loge un long trait, se munit le dedans,
Puis souffre un coup avec grande constance.
Aux deux, il dit : Donnez-moi patience,
Mon doux Jésus, en tous ces accidents.
Le tiers est rude ; il en grince les dents,
Se courbe tout, et saute de sa place.
Au quart, il fait une horrible grimace ;
Au cinq, un cri. Mais il n'est pas au bout ;
Et c'est grand cas s'il peut digérer tout.

On ne vit onc si cruelle aventure.
Deux forts paillards ont chacun un bâton,
Qu'ils font tomber par poids et par mesure,
En observant la cadence et le ton.
Le malheureux n'a rien qu'une chanson :
Grâce ! dit-il. Mais, las ! point de nouvelle ;
Car le seigneur fait frapper de plus belle,
Juge des coups, et tient sa gravité,
Disant toujours qu'il a trop de bonté.
Le pauvre diable enfin craint pour sa vie.
Après vingt coups, d'un ton piteux il crie :
Pour Dieu, cessez : hélas ! je n'en puis plus.
Son seigneur dit : Payez donc cent écus,
Net et comptant : je sais qu'à la desserre
Vous êtes dur ; j'en suis fâché pour vous.
Si tout n'est prêt, votre compère Pierre
Vous en peut bien assister, entre nous.
Mais pour si peu vous ne vous feriez tondre.
Le malheureux, n'osant presque répondre,
Court au magot, et dit : c'est tout mon fait.
On examine ; on prend un trébuchet.
L'eau cependant lui coule de la face :
Il n'a point fait encor telle grimace.
Mais que lui sert ? Il convient tout payer.
C'est grand'pitié quand on fâche son maitre.
Ce paysan eut beau s'humilier ;
Et, pour un fait assez léger peut-être,
Il se sentit enflammer le gosier,

Vuider la bourse, émoucher les épaules,
Sans qu'il lui fût dessus les cent écus,
Ni pour les aulx, ni pour les coups de gaules,
Fait seulement grace d'un carolus.

# LE MULETIER

NOUVELLE TIRÉE DE BOCCACE

Un roi lombard (les rois de ce pays
Viennent souvent s'offrir à ma mémoire) :
Ce dernier-ci, dont parle en ses écrits
Maître Boccace, auteur de cette histoire,
Portoit le nom d'Agiluf en son temps.
Il épousa Teudelingue la belle,
-Veuve du roi dernier mort sans enfans,
Lequel laissa l'état sous sa tutelle
De celui-ci, prince sage et prudent.
Nulle beauté n'étoit alors égale
A Teudelingue ; et la couche royale

De part et d'autre étoit assurément
Aussi complete, autant bien assortie
Qu'elle fut onc, quand messer Cupidon
En badinant fit choir de son brandon
Chez Agiluf, droit dessus l'écurie
Sans prendre garde, et sans se soucier
En quel endroit ; donc avecque furie
Le feu se prit au cœur d'un muletier.

Ce muletier étoit homme de mine,
Et démentoit en tout son origine ;
Bien fait et beau, même ayant du bon sens.
Bien le montra ; car, s'étant de la reine
Amouraché, quand il eut quelque temps
Fait ses efforts et mis toute sa peine
Pour se guérir, sans pouvoir rien gagner,
Le compagnon fit un tour d'homme habile.
Maitre ne sais meilleur pour enseigner
Que Cupidon ; l'ame la moins subtile
Sous sa férule apprend plus en un jour,
Qu'un maitre-ès-arts en dix ans aux écoles.
Aux plus grossiers, par un chemin bien court,
Il sait montrer les tours et les paroles.
Le présent conte en est un bon témoin.
Notre amoureux ne songeoit, prés ni loin,
Dedans l'abord à jouir de sa mie.
Se déclarer de bouche ou par écrit
N'étoit pas sûr. Si se mit dans l'esprit,

Mourût ou non, d'en passer son envie,
Puisqu'aussi bien plus vivre ne pouvoit ;
Et mort pour mort, toujours mieux lui valoit.
Auparavant que sortir de la vie,
Eprouver tout, et tenter le hasard.
L'usage étoit chez le peuple lombard
Que quand le roi, qui faisoit lit à part,
Comme tous font, vouloit avec sa femme
Aller coucher, seul il se présentoit
Presque en chemise, et sur son dos n'avoit
Qu'une simarre : à la porte il frappoit
Tout doucement ; aussitôt une dame
Ouvroit sans bruit ; et le roi lui mettoit
Entre les mains la clarté qu'il portoit,
Clarté n'ayant grand'lueur ni grand'flamme.
D'abord la dame éteignoit en sortant
Cette clarté : c'étoit le plus souvent
Une lanterne, ou de simples bougies.
Chaque royaume a ses cérémonies.
Le muletier remarqua celle-ci,
Ne manqua pas de s'ajuster ainsi,
Se présenta, comme c'étoit l'usage,
S'étant caché quelque peu le visage.
La dame ouvrit dormant plus d'à demi.
Nul cas n'étoit à craindre en l'aventure,
Fors que le roi ne vint pareillement.
Mais ce jour-là, s'étant heureusement
Mis à chasser, force étoit que nature

Pendant la nuit cherchât quelque repos.
Le muletier, frais, gaillard et dispos,
Et parfumé, se coucha sans rien dire.
Un autre point, outre ce qu'avons dit,
C'est qu'Agiluf, s'il avoit en l'esprit
Quelque chagrin, soit touchant son empire,
Ou sa famille, ou pour quelqu'autre cas,
Ne sonnoit mot en prenant ses ébats :
A tout cela Teudelingue étoit faite.
Notre amoureux fournit plus d'une traite,
(Un muletier à ce jeu vaut trois rois)
Dont Teudelingue entra par plusieurs fois
En pensement ; et crut que la colere
Rendoit le prince, outre son ordinaire,
Plein de transport, et qu'il n'y songeoit pas.
En ses présents le ciel est toujours juste ;
Il ne départ à gens de tous états
Mêmes talens. Un empereur auguste
A les vertus propres pour commander ;
Un avocat sait les points décider :
Au jeu d'amour le muletier fait rage.
Chacun son fait ; nul n'a tout en partage.
Notre galant s'étant diligenté,
Se retira sans bruit et sans clarté,
Devant l'aurore. Il en sortoit à peine,
Lorsqu'Agiluf alla trouver la reine,
Voulut s'ébattre, et l'étonna bien fort.
Certes, monsieur, je sais bien, lui dit-elle,

Que vous avez pour moi beaucoup de zele ;
Mais de ce lieu vous ne faites encor
Que de sortir ; même outre l'ordinaire
En avez pris, et beaucoup plus qu'assez.
Pour Dieu, monsieur, je vous prie, avisez
Que ne soit trop : votre santé m'est chere.
Le roi fut sage et se douta du tour,
Ne sonna mot, descendit dans la cour,
Puis de la cour entra dans l'écurie ;
Jugeant en lui que le cas provenoit
D'un muletier comme l'on lui parloit.
Toute la troupe étoit lors endormie,
Fors le galant, qui trembloit pour sa vie.
Le roi n'avoit lanterne ni bougie.
En tâtonnant il s'approcha de tous ;
Crut que l'auteur de cette tromperie
Se connoitroit au battement du pouls.
Pas ne faillit dedans sa conjecture ;
Et le second qu'il tâta d'aventure
Étoit son homme, à qui d'émotion,
Soit pour la peur, ou soit pour l'action,
Le cœur battoit, et le pouls tout ensemble.
Ne sachant pas où devoit aboutir
Tout ce mystere, il feignoit de dormir.
Mais quel sommeil ! Le roi, pendant qu'il tremble,
En certain coin va prendre des ciseaux
Dont on coupoit le crin à ses chevaux.
Faisons, dit-il, au galant une marque,

Pour le pouvoir demain connoître mieux.
Incontinent de la main du monarque
Il se sent tondre. Un toupet de cheveux
Lui fut coupé, droit vers le front du sire ;
Et cela fait, le prince se retire.
Il oublia de serrer le toupet,
Dont le galant s'avisa d'un secret
Qui d'Agiluf gâta le stratagème.
Le muletier alla, sur l'heure même,
En pareil lieu tondre ses compagnons.
Le jour venu, le roi vit ses garçons
Sans poil au front. Lors le prince en son âme :
Qu'est-ce ci donc ! qui croiroit que ma femme
Auroit été si vaillante au déduit ?
Quoi ! Teudelingue a-t-elle cette nuit
Fourni d'ébats à plus de quinze ou seize ?
Autant en vit vers le front de tondus.
Or bien, dit-il, qui l'a fait si se taise :
Au demeurant, qu'il n'y retourne plus.

# LA SERVANTE JUSTIFIÉE

NOUVELLE TIRÉE DES CONTES DE LA REINE DE NAVARRE

BOCCACE n'est le seul qui me fournit :
Je vas par fois en une autre boutique.
Il est bien vrai que ce divin esprit
Plus que pas un me donne de pratique.
Mais, comme il faut manger de plus d'un pain,
Je puise encore en un vieux magasin ;
Vieux, des plus vieux, où *Nouvelles nouvelles*
Sont jusqu'à cent, bien déduites et belles
Pour la plupart, et de très-bonne main.
Pour cette fois la reine de Navarre
D'un c'étoit moi, naïf autant que rare,

Entretiendra dans ces vers le lecteur.
Voici le fait, quiconque en soit l'auteur :
J'y mets du mien selon les occurrences ;
C'est ma coutume ; et, sans telles licences,
Je quitterois la charge de conteur.
Un homme donc avoit belle servante :
Il la rendit au jeu d'amour savante.
Elle étoit fille à bien armer un lit,
Pleine de suc, et donnant appétit ;
Ce qu'on appelle en françois bonne robe.
Par un beau jour cet homme se dérobe
D'avec sa femme, et d'un très grand matin
S'en va trouver sa servante au jardin.
Elle faisoit un bouquet pour madame :
C'étoit sa fête. Or voyant de la femme
Le bouquet fait, il commence à louer
L'assortiment, tâche de s'insinuer.
S'insinuer, en fait de chambrière,
C'est proprement couler sa main au sein :
Ce qui fut fait. La servante soudain
Se défendit ; mais de quelle manière ?
Sans rien gâter : c'étoit une façon
Sur le marché ; bien savoit sa leçon.
La belle prend les fleurs qu'elle avoit mises
En un monceau, les jette au compagnon.
Il la baisa pour en avoir raison,
Tant et si bien qu'ils en vinrent aux prises.
En cet étrif la servante tomba :

Lui d'en tirer aussitôt avantage.
Le malheur fut que tout ce beau ménage
Fut découvert d'un logis près de là.
Nos gens n'avoient pris garde à cette affaire.
Une voisine aperçut le mystère :
L'époux la vit, je ne sais pas comment.
Nous voilà pris, dit-il à sa servante :
Notre voisine est languarde et méchante ;
Mais ne soyez en crainte aucunement.
Il va trouver sa femme en ce moment ;
Puis fait si bien que s'étant éveillée,
Elle se leve, et sur l'heure habillée,
Il continue à jouer son rôlet :
Tant qu'à dessein d'aller faire un bouquet,
La pauvre épouse au jardin est menée.
Là fut par lui procédé de nouveau :
Même débat, même jeu se commence ;
Fleurs de voler, tetons d'entrer en danse.
Elle y prit goût ; le jeu lui sembla beau.
Somme, que l'herbe en fut encor froissée.
La pauvre dame alla l'après-dînée
Voir sa voisine, à qui ce secret-là
Chargeoit le cœur : elle se soulagea
Tout dès l'abord. Je ne puis, ma commere
Dit cette femme avec son front sévere,
Laisser passer sans vous en avertir
Ce que j'ai vu. Voulez-vous vous servir
Encor long-temps d'une fille perdue ?

A coups de pieds, si j'étois que de vous,
Je l'envoirois ainsi qu'elle est venue.
Comment ! elle est aussi brave que nous !
Or bien, je sais celui de qui procede
Cette piaffe : apportez-y remede
Tout au plutôt ; car je vous avertis
Que ce matin étant à la fenêtre,
Ne sais pourquoi j'ai vu de mon logis
Dans son jardin votre mari paroître,
Puis la galante ; et tous deux se sont mis
A se jeter quelques fleurs à la tête.
Sur ce propos, l'autre l'arrête coi :
Je vous entends, dit-elle ; c'étoit moi.

LA VOISINE

Voire ! écoutez le reste de la fête :
Vous ne savez ou je veux en venir,
Les bonnes gens se sont pris à cueillir
Certaines fleurs que baisers on appelle.

LA FEMME

C'est encor moi que vous preniez pour elle.

LA VOISINE

Du jeu des fleurs à celui des tetons
Ils sont passés : après quelques façons,
A pleine main l'on les a laissés prendre.

### LA FEMME

Et pourquoi non ? c'étoit moi. Votre époux
N'a-t-il pas donc les mêmes droits sur vous ?

### LA VOISINE

Cette personne enfin sur l'herbe tendre
Est trébuchée ; et, comme je le croi,
Sans se blesser. Vous riez ?

### LA FEMME

C'étoit moi.

### LA VOISINE

Un cotillon a paré la verdure.

### LA FEMME

C'étoit le mien.

### LA VOISINE

Sans vous mettre en courroux,
Qui le portoit, de la fille ou de vous ?
C'est là le point ; car monsieur votre époux
Jusques au bout a poussé l'aventure.

### LA FEMME

Qui ? c'étoit moi. Votre tête est bien dure.

### LA VOISINE

Ah ! c'est assez : je ne m'informe plus.

J'ai pourtant l'œil assez bon, ce me semble :
J'aurois juré que je les avois vus
En ce lieu-là se divertir ensemble.
Mais excusez, et ne la chassez pas.

### LA FEMME

Pourquoi chasser ? j'en suis très-bien servie.

### LA VOISINE

Tant pis pour vous ! c'est justement le cas.
Vous en tenez, ma commere m'amie.

# LA GAGEURE DES TROIS COMMÈRES

OU SONT DEUX NOUVELLES TIRÉES DE BOCCACE

Après bon vin, trois commeres un jour
S'entretenoient de leurs tours et prouesses.
Toutes avoient un ami par amour,
Et deux étoient au logis les maîtresses.
L'une disoit : J'ai le roi des maris ;
Il n'en est point de meilleur dans Paris.
Sans son congé je vas partout m'ébattre :
Avec ce tronc j'en ferois un plus fin.
Il ne faut pas se lever trop matin
Pour lui prouver que trois et deux font quatre.
Par mon serment ! dit une autre aussitôt,

Si je l'avois, j'en ferois une étrenne ;
Car quant à moi, du plaisir ne me chaut,
A moins qu'il soit mêlé d'un peu de peine.
Votre époux va tout ainsi qu'on le mene ;
Le mien n'est tel, j'en rends graces à Dieu.
Bien sauroit prendre et le temps et le lieu,
Qui tromperoit à son aise un tel homme.
Pour tout cela ne croyez que je chomme :
Le passe-temps en est d'autant plus doux ;
Plus grand en est l'amour des deux parties.
Je ne voudrois contre aucune de vous,
Qui vous vantez d'être si bien loties,
Avoir troqué de galant ni d'époux.
Sur ce débat, la troisieme commere
Les mit d'accord ; car elle fut d'avis
Qu'Amour se plait avec les bons maris,
Et veut aussi quelque peine légere.
Ce point vidé, le propos s'échauffant,
Et d'en conter toutes trois triomphant,
Celle-ci dit : Pourquoi tant de paroles ?
Voulez-vous voir qui l'emporte de nous ?
Laissons à part les disputes frivoles :
Sur nouveaux frais attrapons nos époux.
Le moins bon tour payera quelque amende.
Nous le voulons, c'est ce que l'on demande,
Dirent les deux. Il faut faire serment
Que toutes trois, sans nul déguisement,
Rapporterons, l'affaire étant passée,

Le cas au vrai ; puis pour le jugement
On en croira la commere Macée.
Ainsi fut dit, ainsi l'on s'accorda.
Voici comment chacune y procéda.

Celle des trois qui plus étoit contrainte
Aimoit alors un beau jeune garçon,
Frais, délicat, et sans poil au menton ;
Ce qui leur fit mettre en jeu cette feinte.
Les pauvres gens n'avoient de leurs amours
Encor joui, sinon par échappées :
Toujours falloit forger de nouveaux tours,
Toujours chercher des maisons empruntées,
Pour plus à l'aise ensemble se jouer.
La bonne dame habille en chambriere
Le jouvenceau, qui vient pour se louer,
D'un air modeste, et baissant la paupiere.
Du coin de l'œil l'époux le regardoit,
Et dans son cœur déjà se proposoit
De rehausser le linge de la fille.
Bien lui sembloit, en la considérant,
N'en avoir vu jamais de si gentille.
On la retient, avec peine pourtant.
Belle servante et mari vert-galant,
C'étoit matiere à feindre du scrupule.
Les premiers jours, le mari dissimule,
Détourne l'œil, et ne fait pas semblant
De regarder sa servante nouvelle ;

Mais tôt après il tourna tant la belle,
Tant lui donna, tant encor lui promit,
Qu'elle feignit à la fin de se rendre ;
Et de jeu fait, à dessein de le prendre,
Un certain soir la galante lui dit :
Madame est mal, et seule elle veut être
Pour cette nuit. Incontinent le maître
Et la servante, ayant fait leur marché,
S'en vont au lit ; et le drôle couché,
Elle en cornette et dégraffant sa jupe,
Madame vient. Qui fut bien empêché ?
Ce fut l'époux, cette fois pris pour dupe.
Oh ! oh ! lui dit la commère en riant,
Votre ordinaire est donc trop peu friand
A votre goût ? Eh ! par saint Jean ! beau sire,
Un peu plutôt vous me le deviez dire ;
J'aurois chez moi toujours eu des tendrons.
De celui-ci, pour certaines raisons,
Vous faut passer ; cherchez autre aventure.
Et vous, la belle au dessein si gaillard,
Merci de moi, chambrière d'un liard,
Je vous rendrai plus noire qu'une mûre.
Il vous faut donc du même pain qu'à moi !
J'en suis d'avis ! non pourtant qu'il m'en chaille,
Ni qu'on ne puisse en trouver qui le vaille :
Graces à Dieu, je crois avoir de quoi
Donner encor à quelqu'un dans la vue ;
Je ne suis pas à jeter dans la rue.

Laissons ce point ; je sais un bon moyen :
Vous n'aurez plus d'autre lit que le mien.
Voyez un peu ! diroit-on qu'elle y touche ?
Vite, marchons ; que du lit où je couche
Sans marchander on prenne le chemin :
Vous chercherez vos besognes demain.
Si ce n'étoit le scandale et la honte,
Je vous mettrois dehors en cet état.
Mais je suis bonne, et ne veux point d'éclat :
Puis je rendrai de vous un très-bon compte
A l'avenir, et vous jure ma foi
Que nuit et jour vous serez près de moi.
Qu'ai-je besoin de me mettre en alarmes,
Puisque je puis empêcher tous vos tours ?
La chambrière, écoutant ce discours,
Fait la honteuse, et jette une ou deux larmes,
Prend son paquet, et sort sans consulter,
Ne se le fait par deux fois répéter,
S'en va jouer un autre personnage ;
Fait au logis deux métiers tour à tour ;
Galant de nuit, chambrière de jour,
En deux façons elle a soin du ménage.
Le pauvre époux se trouve tout heureux
Qu'à si bon compte il en ait été quitte.
Lui couché seul, notre couple amoureux
D'un temps si doux à son aise profite :
Rien ne s'en perd ; et des moindres moments
Bon ménagers furent nos deux amants,

Sachant très bien que l'on n'y revient gueres.
Voilà le tour de l'une des commeres.

L'autre, de qui le mari croyoit tout,
Avecque lui sous un poirier assise,
De son dessein vint aisément à bout.
En peu de mots j'en vas conter la guise.
Leur grand valet près d'eux étoit debout,
Garçon bien fait, beau parleur, et de mise,
Et qui faisoit les servantes trotter.
La dame dit : Je voudrois bien goûter
De ce fruit-là : Guillot, monte, et secoue
Notre poirier. Guillot monte à l'instant.
Grimpé qu'il est, le drôle fait semblant
Qu'il lui paroît que le mari se joue
Avec la femme : aussitôt le valet,
Frottant ses yeux comme étonné du fait,
Vraiment, monsieur, commence-t-il à dire,
Si vous vouliez madame caresser,
Un peu plus loin vous pouviez aller rire,
Et, moi présent, du moins vous en passer.
Ceci me cause une surprise extrême.
Devant les gens prendre ainsi vos ébats !
Si d'un valet vous ne faites nul cas,
Vous vous devez du respect à vous-même.
Quel taon vous point ? attendez à tantôt ;
Ces privautés en seront plus friandes :
Tout aussi bien, pour le temps qu'il vous faut,

Les nuits d'été sont encore assez grandes.
Pourquoi ce lieu ? vous avez pour cela
Tant de bons lits, tant de chambres si belles !
La dame dit : Que conte celui-là ?
Je crois qu'il rêve : où prend-il ces nouvelles ?
Qu'entend ce fol avecque ses ébats ?
Descends, descends, mon ami, tu verras.
Guillot descend. Hé bien ? lui dit son maître :
Nous jouons-nous ?

### GUILLOT

Non pas pour le présent.

### LE MARI

Pour le présent ?

### GUILLOT

Oui, monsieur ; je veux être
Ecorché vif, si tout incontinent
Vous ne baisiez madame sur l'herbette.

### LA FEMME

Mieux te vaudroit laisser cette sornette ;
Je te le dis ; car elle sent les coups.

### LE MARI

Non, non, m'amie ; il faut qu'avec les fous
Tout de ce pas par mon ordre on le mette.

GUILLOT

Est-ce être fou que de voir ce qu'on voit ?

LA FEMME

Et qu'as-tu vu ?

GUILLOT

J'ai vu, je le répete,
Vous et monsieur qui dans ce même endroit
Jouïez tous deux au doux jeu d'amourette :
Si ce poirier n'est peut-être charmé.

LA FEMME

Voire, charmé ! tu nous fais un beau conte !

LE MARI

Je le veux voir, vraiment ; faut que j'y monte :
Vous en saurez bientôt la vérité.
Le maître à peine est sur l'arbre monté,
Que le valet embrasse la maitresse.
L'époux, qui voit comme l'on se caresse,
Crie, et descend en grand'hâte aussitôt.
Il se rompit le col, ou peut s'en faut,
Pour empêcher la suite de l'affaire ;
Et toutefois il ne put si bien faire
Que son honneur ne reçut quelque échec.
Comment, dit-il, quoi ! même à mon aspect !

Devant mon nez ! à mes yeux ! Sainte dame !
Que vous faut-il ? qu'avez-vous ? dit la femme.

LE MARI

Oses-tu bien le demander encor ?

LA FEMME

Et pourquoi non ?

LE MARI

Pourquoi ? n'ai-je pas tort
De t'accuser de cette effronterie ?

LA FEMME

Ah ! c'en est trop ; parlez mieux, je vous prie.

LE MARI

Quoi ! ce coquin ne te caressoit pas ?

LA FEMME

Moi ? vous rêvez.

LE MARI

            D'où viendroit donc ce cas ?
Ai-je perdu la raison ou la vue ?

LA FEMME

Me croyez-vous de sens si dépourvue,
Que devant vous je commisse un tel tour ?
Ne trouverois-je assez d'heures au jour
Pour m'égayer, si j'en avois envie ?

LE MARI

Je ne sais plus ce qu'il faut que je die.
Notre poirier m'abuse assurément.
Voyons encor. Dans le même moment
L'époux remonte, et Guillot recommence.
Pour cette fois, le mari voit la danse
Sans se fâcher, et descend doucement.
Ne cherchez plus, leur dit-il, d'autres causes :
C'est ce poirier ; il est ensorcelé.
Puisqu'il fait voir de si vilaines choses,
Reprit la femme, il faut qu'il soit brûlé :
Cours au logis ; dis qu'on le vienne abattre.

Je ne veux plus que cet arbre maudit
Trompe les gens. Le valet obéit.
Sur le pauvre arbre ils se mettent à quatre,
Se demandant l'un l'autre sourdement
Quel si grand crime a ce poirier pu faire.
La dame dit : Abattez seulement ;
Quant au surplus, ce n'est pas votre affaire.
Par ce moyen la seconde commere
Vint au-dessus de ce qu'elle entreprit.
Passons au tour que la troisieme fit.

Les rendez-vous chez quelque bonne amie
Ne lui manquoit non plus que l'eau du puits.
Là tous les jours étoient nouveaux déduits :
Notre donzelle y tenoit sa partie.
Un sien amant, étant lors de quartier,
Ne croyant pas qu'un plaisir fût entier
S'il n'étoit libre, à la dame propose
De se trouver seuls ensemble une nuit.
Deux, lui dit-elle ; et pour si peu de chose
Vous ne serez nullement éconduit.
Jà de par moi ne manquera l'affaire.
De mon mari je saurai me défaire
Pendant ce temps. Aussitôt fait que dit.
Bon besoin eût d'être femme d'esprit :
Car pour époux elle avoit pris un homme
Qui ne faisoit en voyage grands frais ;
Il n'alloit pas querir pardons à Rome,

Quand il pouvoit en rencontrer plus près :
Tout au rebours de la bonne donzelle,
Qui, pour montrer sa ferveur et son zele,
Toujours alloit au plus loin s'en pourvoir.
Pélerinage avoit fait son devoir
Plus d'une fois ; mais c'étoit le vieux style :
Il lui falloit, pour se faire valoir,
Chose qui fût plus rare et moins facile.
Elle s'attache à l'orteil, dès le soir,
Un brin de fil qui rendoit à la porte
De la maison ; et puis se va coucher
Droit au côté d'Henriet Berlinguier ;
(On appeloit son mari de la sorte).
Elle fit tant, qu'Henriet se tournant,

Sentit le fil. Aussitôt il soupçonne
Quelque dessein ; et, sans faire semblant
D'être éveillé, sur ce fait il raisonne ;
Se leve enfin et sort tout doucement,
De bonne foi son épouse dormant,
Ce lui sembloit ; suit le fil dans la rue,
Conclut de là que l'on le trahissoit ;
Que quelque amant que la donzelle avoit
Avec ce fil par le pied la tiroit,
L'avertissant ainsi de sa venue ;
Que la galante aussitôt descendoit,
Tandis que lui pauvre mari dormoit.
Car autrement, pourquoi ce badinage ?
Il falloit bien que messer cocuage
Le visitât ; honneur dont, à son sens,
Il se seroit passé le mieux du monde.
Dans ce penser, il s'arme jusqu'aux dents ;
Hors la maison fait le guet et la ronde,
Pour attraper quiconque tirera
Le brin de fil. Or le lecteur saura
Que ce logis avoit sur le derriere
De quoi pouvoir introduire l'ami :
Il le fut donc par une chambriere.
Tout domestique, en trompant un mari,
Pense gagner indulgence pléniere.
Tandis qu'ainsi Berlinguier fait le guet,
La bonne dame et le jeune muguet
En sont aux mains, et Dieu sait la maniere.

En grand soulas cette nuit se passa.
Dans leur plaisir rien ne les traversa :
Tout fut des mieux, graces à la servante,
Qui fit si bien devoir de surveillante,
Que le galant tout à temps délogea.
L'époux revint quand le jour approcha,
Reprit sa place, et dit que la migraine
L'avoit contraint d'aller coucher en haut.
Deux jours après, la commere ne faut
De mettre un fil. Berlinguier aussitôt,
L'ayant senti, rentre en la même peine,
Court à son poste, et notre amant au sien.
Renfort de joie ; on s'en trouva si bien,
Qu'encore un coup on pratiqua la ruse ;
Et Berlinguier prenant la même excuse
Sortit encore et fit place à l'amant.
Autre renfort de tout contentement.
On s'en tint là. Leur ardeur refroidie,
Il en fallut venir au dénouement ;
Trois actes eut sans plus la comédie.
Sur le minuit l'amant s'étant sauvé,
Le brin de fil aussitôt fut tiré
Par un des siens, sur qui l'époux se rue,
Et le contraint, en occupant la rue,
D'entrer chez lui le tenant au collet,
Et ne sachant que ce fût un valet.
Bien à propos lui fut donné le change.
Dans le logis est un vacarme étrange.

La femme accourt au bruit que fait l'époux,
Le compagnon se jette à leurs genoux;
Dit qu'il venoit trouver la chambriere;
Qu'avec ce fil il la tiroit à soi
Pour faire ouvrir; et que depuis naguere
Tous deux s'étoient entredonné la foi.
C'est donc cela, poursuivit la commere
En s'adressant à la fille, en colere,
Que l'autre jour je vous vis à l'orteil
Un brin de fil : je m'en mis un pareil,
Pour attraper avec ce stratagême
Votre galant : Or bien, c'est votre époux.
A la bonne heure ! il faut cette nuit même
Sortir d'ici. Berlinguier fut plus doux,

Dit qu'il falloit au lendemain attendre.
On les dota l'un et l'autre amplement;
L'époux, la fille; et le valet, l'amant :
Puis au moutier le couple s'alla rendre,
Se connoissant tous deux de plus d'un jour.
Ce fut la fin qu'eut le troisieme tour.

Lequel vaut mieux ? Pour moi, je m'en rapporte.
Macée, ayant pouvoir de décider,
Ne sut à qui la victoire accorder,
Tant cette affaire à résoudre étoit forte.
Toutes avoient eu raison de gager.
Le procès pend, et pendra de la sorte
Encor longtemps, comme l'on peut juger.

# LE CALENDRIER DES VIEILLARDS

## NOUVELLE TIRÉE DE BOCCACE

Plus d'une fois je me suis étonné
Que ce qui fait la paix du mariage
En est le point le moins considéré.
Lorsque l'on met une fille en ménage,
Les pere et mere ont pour objet le bien :
Tout le surplus, ils le comptent pour rien ;
Jeunes tendrons à vieillards apparient ;
Et cependant je vois qu'ils se soucient
D'avoir chevaux à leur char attelés
De même taille, et mêmes chiens couplés
Ainsi des bœufs, qui de force pareille

Sont toujours pris ; car se seroit merveille
Si sans cela la charrue alloit bien.
Comment pourroit celle du mariage
Ne mal aller, étant un attelage
Qui bien souvent ne se rapporte en rien ?
J'en vas compter un exemple notable.

On sait qui fut Richard de Quinzica,
Qui mainte fête à sa femme allegua,
Mainte vigile et maint jour fériable.
Et du devoir crut s'échapper par-là.
Très lourdement il erroit en cela.
Cettui Richard étoit juge dans Pise,
Homme savant en l'étude des lois,
Riche d'ailleurs, mais dont la barbe grise
Montroit assez qu'il devoit faire choix
De quelque femme à peu près de même âge ;
Ce qu'il ne fit, prenant en mariage
La mieux séante et la plus jeune d'ans
De la cité : fille bien alliée,
Belle surtout : c'étoit Bartholomée
De Galandi, qui, parmi ses parents,
Pouvoit compter les plus gros de la ville.
Et ce ne fit Richard tour d'homme habile ;
Et l'on disoit communément de lui
Que ses enfants ne manqueroient de peres.
Tel fait métier de conseiller autrui,
Qui ne voit goutte en ses propres affaires.

Quinzica donc n'ayant de quoi servir
Un tel oiseau qu'étoit Bartholomée,
Pour s'excuser, et pour la contenir,
Ne rencontroit point de jour en l'année,
Selon son compte et son calendrier,
Où l'on se pût sans scrupule appliquer
Au fait d'hymen : chose aux vieillards commode,
Mais dont le sexe abhorre la méthode.
Quand je dis point, je veux dire très-peu :
Encor ce peu lui donnoit de la peine.
Toute en férie il mettoit la semaine,
Et bien souvent faisoit venir en jeu
Saint qui ne fut jamais dans la légende.
Le vendredi, disoit-il, nous demande
D'autres pensers, ainsi que chacun sait.
Pareillement il faut que l'on retranche
Le samedi, non sans juste sujet,
D'autant que c'est la veille du dimanche.
Pour ce dernier, c'est un jour de repos.
Quant au lundi, je ne trouve à propos
De commencer par ce point la semaine :
Ce n'est le fait d'une âme bien chrétienne,
Les autres jours autrement s'excusoit :
Et quand venoit aux fêtes solemnelles,
C'étoit alors que Richard triomphoit,
Et qu'il donnoit les leçons les plus belles.
Long-temps devant toujours il s'abstenoit ;
Long-temps après il en usoit de même ;

Aux quatre-temps autant il en faisoit,
Sans oublier l'avent ni le carême.
Cette saison pour le vieillard étoit
Un temps de Dieu ; jamais ne s'en lassoit.
De patrons même il avoit une liste :
Point de quartier pour un évangéliste,
Pour un apôtre, ou bien pour un docteur :
Vierge n'étoit, martyr et confesseur,
Qu'il ne chommât ; tous les savoit par cœur.
Que s'il étoit au bout de son scrupule,
Il alléguoit les jours malencontreux,
Puis les brouillards, et puis la canicule,
De s'excuser n'étant jamais honteux.
La chose ainsi presque toujours égale,
Quatre fois l'an, de grace spéciale,
Notre docteur régaloit sa moitié,
Petitement ; enfin c'étoit pitié.
A cela près, il traitoit bien sa femme.
Les affiquets, les habits à changer,
Joyaux, bijoux, ne manquoient à la dame.
Mais tout cela n'est que pour amuser
Un peu de temps des esprits de poupée :
Droit au solide alloit Bartholomée.
Un seul plaisir, dans la belle saison,
C'étoit d'aller à certaine maison
Que son mari possédoit sur la côte :
Ils y couchoient tous les huit jours sans faute.
Là, quelquefois sur la mer ils montoient,

Et le plaisir de la pêche goûtoient,
Sans s'éloigner que bien peu de la rade.
Arrive donc qu'un jour de promenade
Bartholomée et messer le docteur
Prennent chacun une barque à pêcheur,
Sortent sur mer ; ils avoient fait gageure
A qui des deux auroit plus de bonheur,
Et trouveroit la meilleure aventure
Dedans sa pêche, et n'avoient avec eux,
Dans chaque barque, en tout, qu'un homme ou deux
Certain corsaire aperçoit la chaloupe
De notre épouse, et vint avec sa troupe
Fondre dessus, l'emmena bien et beau ;
Laissa Richard : soit que près du rivage
Il n'osât pas hasarder davantage,
Soit qu'il craignit qu'ayant dans son vaisseau
Notre vieillard, il ne pût de sa proie
Si bien jouir ; car il aimoit la joie
Plus que l'argent, et toujours avoit fait
Avec honneur son métier de corsaire ;
Au jeu d'amour étoit homme d'effet,
Ainsi que sont gens de pareille affaire.
Gens de mer sont toujours prêts à bien faire
Ce qu'on appelle autrement bons garçons
On n'en voit point qui les fêtes allegue.
Or tel étoit celui dont nous parlons,
Ayant pour nom Pagamin de Monegue.
La belle fit son devoir de pleurer

Un demi jour, tant qu'il se put étendre :
Et Pagamin de la réconforter,
Et notre épouse à la fin de se rendre.
Il la gagna : bien savoit son métier.
Amour s'en mit, Amour, ce bon apôtre,
Dix mille fois plus corsaire que l'autre,
Vivant de rapt, faisant peu de quartier.
La belle avoit sa raison toute prête :
Très-bien lui prit d'avoir de quoi payer ;
Car là n'étoit ni vigile, ni fête.
Elle oublia son beau calendrier
Rouge partout et sans nul jour ouvrable :
De la ceinture on le lui fit tomber ;
Plus n'en fut fait mention qu'à la table.
Notre légiste eût mis son doigt au feu
Que son épouse étoit toujours fidelle,
Entière et chaste, et que, moyennant Dieu,
Pour de l'argent on lui rendroit la belle.
De Pagamin il prit un sauf-conduit,
L'alla trouver, lui mit la carte blanche.
Pagamin dit : Si je n'ai pas bon bruit,
C'est à grand tort ; je veux vous rendre franche
Et sans rançon votre chere moitié.
Ne plaise à Dieu que si belle amitié
Soit par mon fait de désastre ainsi pleine !
Celle pour qui vous prenez tant de peine
Vous reviendra, selon votre désir :
Je ne veux point vous vendre ce plaisir.

Faites-moi voir seulement qu'elle est vôtre :
Car si j'allois vous en rendre quelque autre,
Comme il m'en tombe assez entre les mains,
Ce me seroit une espèce de blâme.
Ces jours passés, je pris certaine dame
Dont les cheveux sont quelque peu châtains,
Grande de taille, en bon point, jeune et fraîche.
Si cette belle, après vous avoir vu,
Dit être à vous, c'est autant de conclu :
Reprenez-la, rien ne vous en empêche.
Richard reprit : Vous parlez sagement,
Et me traitez trop généreusement.
De son métier il faut que chacun vive :
Mettez un prix à la pauvre captive,
Je le paierai comptant, sans hésiter.
Le compliment n'est ici nécessaire :
Voilà ma bourse, il ne faut que compter.
Ne me traitez que comme on pourroit faire,
En pareil cas, l'homme le moins connu.
Seroit-il dit que vous m'eussiez vaincu
D'honnêteté ? non sera, sur mon ame :
Vous le verrez. Car, quant à cette dame,
Ne doutez point qu'elle ne soit à moi.
Je ne veux pas que vous m'ajoutiez foi,
Mais aux baisers que de la pauvre femme
Je recevrai ; ne craignant qu'un seul point,
C'est qu'à me voir de joie elle ne meure.
On fait venir l'épouse tout-à-l'heure,

Qui froidement, et ne s'émouvant point,
Devant ses yeux voit son mari paroître,
Sans témoigner seulement le connoître,
Non plus qu'un homme arrivé du Pérou.
Voyez, dit-il, la pauvrette est honteuse
Devant les gens, et sa joie amoureuse
N'ose éclater : soyez sûr qu'à mon cou,
Si j'étois seul, elle seroit sautée.
Pagamin dit : Qu'il ne tienne à cela :
Dedans sa chambre, allez, conduisez-la.
Ce qui fut fait ; et, la chambre fermée,
Richard commence : Eh ! là, Bartholomée,
Comme tu fais ! je suis ton Quinzica,
Toujours le même à l'endroit de sa femme.
Regarde-moi. Trouves-tu, ma chere ame,
En mon visage un si grand changement ?
C'est la douleur de ton enlèvement
Qui me rend tel ; et toi seule en es cause.
T'ai-je jamais refusé nulle chose,
Soit pour ton jeu, soit pour tes vétements ?
En étoit-il quelqu'une de plus brave ?
De ton vouloir ne me rendois-je esclave ?
Tu le seras, étant avec ces gens.
Et ton honneur, que crois-tu qu'il devienne ?
Ce qu'il pourra, répondit brusquement
Bartholomée. Est-il temps maintenant
D'en avoir soin ? S'en est-on mis en peine,
Quand, malgré moi, l'on m'a jointe avec vous ?

Vous, vieux penard ; moi, fille jeune et drue,
Qui méritois d'être un peu mieux pourvue,
Et de goûter ce qu'hymen a de doux.
Pour cet effet j'étois assez aimable,
Et me trouvois aussi digne, entre nous,
De ces plaisirs, que j'en étois capable.
Or est le cas allé d'autre façon.
J'ai pris mari qui, pour toute chanson,
N'a jamais eu que ses jours de férie ;
Mais Pagamin, sitôt qu'il m'eut ravie,
Me sut donner bien une autre leçon.
J'ai plus appris des choses de la vie
Depuis deux jours, qu'en quatre ans avec vous.
Laissez-moi donc, monsieur mon cher époux ;
Sur mon retour n'insistez davantage.
Calendriers ne sont point en usage
Chez Pagamin, je vous en avertis.
Vous et les miens avez mérité pis ;
Vous, pour avoir mal mesuré vos forces
En m'épousant ; eux, pour s'être mépris,
En préférant les légeres amorces
De quelque bien à cet autre point-là.
Mais Pagamin pour tous y pourvoira.
Il ne sait loi, ni digeste, ni code,
Et cependant très-bonne est sa méthode.
De ce matin lui-même il vous dira
Du quart en sus comme la chose en va.
Un tel aveu vous surprend et vous touche :

Mais faire ici de la petite bouche
Ne sert de rien ; l'on n'en croira pas moins.
Et puisqu'enfin nous voici sans témoins,
Adieu vous dis, vous et vos jours de fête.
Je suis de chair ; les habits rien n'y font :
Vous savez bien, monsieur, qu'entre la tête
Et le talon d'autres affaires sont.
A tant se tut. Richard, tombé des nues,
Fut tout heureux de pouvoir s'en aller.
Bartholomée, ayant ses hontes bues,
Ne se fit pas tenir pour demeurer.
Le pauvre époux en eut tant de tristesse,
Outre les maux qui suivent la vieillesse,
Qu'il en mourut à quelques jours de là ;
Et Pagamin prit à femme sa veuve.
Ce fut bien fait : nul des deux ne tomba
Dans l'accident du pauvre Quinzica,
S'étant choisis l'un et l'autre à l'épreuve.
Belle leçon pour gens à cheveux gris,
Sinon qu'ils soient d'humeur accommodante ;
Car, en ce cas, messieurs les favoris
Font leur ouvrage, et la dame est contente.

# A FEMME AVARE GALANT ESCROC

## NOUVELLE TIRÉE DE BOCCACE

Qu'un homme soit plumé par des coquettes,
Ce n'est pour faire au miracle crier.
Gratis est mort : plus d'amour sans payer :
En beaux louis se content les fleurettes.
Ce que je dis, des coquettes s'entend.
Pour notre honneur, si me faut-il pourtant
Montrer qu'on peut, nonobstant leur adresse
En attraper au moins une entre cent,
Et lui jouer quelque tour de souplesse.
Je choisirai pour exemple Gulphar.
Le drôle fit un trait de franc soudard ;

Car aux faveurs d'une belle il eut part
Sans débourser, escroquant la chrétienne.
Notez ceci, et qu'il vous en souvienne,
Galants d'épée ; encor bien que ce tour
Pour vous styler soit fort peu nécessaire :
Je trouverois maintenant à la cour
Plus d'un Gulphar, si j'en avois affaire.
Celui-ci donc chez sire Gasparin
Tant fréquenta, qu'il devint à la fin
De son épouse amoureux sans mesure.
Elle étoit jeune et belle créature ;
Plaisoit beaucoup, fors un point qui gâtoit
Toute l'affaire, et qui seul rebutoit
Les plus ardents : c'est qu'elle étoit avare.
Ce n'est pas chose en ce siecle fort rare.
Je l'ai ja dit, rien n'y font les soupirs ;
Celui-là parle une langue barbare,
Qui l'or en main n'explique ses désirs.
Le jeu, la jupe, et l'amour des plaisirs,
Sont les ressorts que Cupidon emploie :
De leur boutique il sort chez les François
Plus de cocus que du cheval de Troie
Il ne sortit de héros autrefois.
Pour revenir à l'humeur de la belle,
Le compagnon ne put rien tirer d'elle,
Qu'il ne parlât. Chacun sait ce que c'est
Que de parler ; le lecteur, s'il lui plaît,
Me permettra de dire ainsi la chose.

Gulphar donc parle, et si bien qu'il propose
Deux cents écus. La belle l'écouta ;
Et Gasparin à Gulphar les prêta,
(Ce fut le bon,) puis aux champs s'en alla,
Ne soupçonnant aucunement sa femme.
Gulphar les donne en présence de gens.
Voilà, dit-il, deux cents écus comptants,
Qu'à votre époux vous donnerez, madame.
La belle crut qu'il avoit dit cela
Par politique, et pour jouer son rôle.
Le lendemain elle le régala
Tout de son mieux, en femme de parole.
Le drôle en prit, ce jour et les suivants,
Pour son argent, et même avec usure :
A bon payeur on fait bonne mesure.
Quand Gasparin fut de retour des champs,
Gulphar lui dit, son épouse présente :
J'ai votre argent à madame rendu,
N'en ayant eu pour une affaire urgente
Aucun besoin, comme je l'avois cru :
Déchargez-en votre livre, de grace.
A ce propos, aussi froide que glace,
Notre galante avoua le reçu.
Qu'eût-elle fait ? on eût prouvé la chose.
Son regret fut d'avoir enflé la dose
De ses faveurs : c'est ce qui la fâchoit.
Voyez un peu la perte que c'étoit !
En la quittant, Gulphar alla tout droit

Conter le cas, le corner par la ville,
Le publier, le prêcher sur les toits.
De l'en blâmer il seroit inutile
Ainsi vit-on chez nous autres François.

# ON NE S'AVISE JAMAIS DE TOUT

CONTE TIRÉ DES CENT NOUVELLES NOUVELLES

Certain jaloux, ne dormant que d'un œil,
Interdisoit tout commerce à sa femme.
Dans le dessein de prévenir la dame,
Il avoit fait un fort ample recueil
De tous les tours que le sexe sait faire.
Pauvre ignorant ! comme si cette affaire
N'étoit une hydre, à parler franchement !
Il captivoit sa femme, cependant,
De ses cheveux vouloit savoir le nombre,
La faisoit suivre, à toute heure, en tous lieux
Par une vieille aux corps tout rempli d'yeux,

Qui la quittoit aussi peu que son ombre.
Ce fou tenoit son recueil fort entier :
Il le portoit en guise de psautier,
Croyant par-là cocuage hors de gamme.
Un jour de fête, arrive que la dame,
En revenant de l'église, passa
Près d'un logis d'où quelqu'un lui jeta
Fort à propos plein un panier d'ordure.
On s'excusa. La pauvre créature,
Toute vilaine, entra dans le logis.
Il lui fallut dépouiller ses habits.
Elle envoya quérir une autre jupe,
Dès en entrant, par cette douagna,
Qui hors d'haleine à monsieur raconta
Tout l'accident. Foin ! dit-il, celui-là
N'est dans mon livre, et je suis pris pour dupe :
Que le recueil au diable soit donné !
Il disoit bien ; car on n'avoit jeté
Cette immondice, et la dame gâté,
Qu'afin qu'elle eût quelque valable excuse
Pour éloigner son dragon quelque temps.
Un sien galant, ami de là-dedans,
Tout aussitôt profita de la ruse.
Nous avons beau sur ce sexe avoir l'œil :
Ce n'est coup sûr encontre tous esclandres.
Maris jaloux, brûlez votre recueil,
Sur ma parole, et faites-en des cendres.

# LE GASCON PUNI

Un Gascon, pour s'être vanté
De posséder certaine belle,
Fut puni de sa vanité
D'une façon assez nouvelle.
Il se vantoit à faux et ne possédoit rien.
Mais quoi ! tout médisant est prophete en ce monde :
On croit le mal d'abord ; mais à l'égard du bien,
    · Il faut que la vue en réponde.
La dame cependant du Gascon se moquoit ;
Même au logis pour lui rarement elle étoit ;
    Et bien souvent qu'il la traitoit

D'incomparable et de divine,
La belle aussitôt s'enfuyoit,
S'allant sauver chez sa voisine.
Elle avoit nom Philis ; son voisin, Eurilas ;
La voisine, Cloris ; le Gascon, Dorilas ;
Un sien ami, Damon : c'est tout, si j'ai mémoire.
Ce Damon, de Cloris, à ce que dit l'histoire,
Etoit amant aimé, galant, comme on voudra,
Quelque chose encore de plus que tout cela.
Pour Philis, son humeur libre, gaie et sincere,
　　Montroit qu'elle étoit sans affaire,
　　Sans secret, et sans passion.
On ignoroit le prix de sa possession :
Seulement à l'user chacun la croyoit bonne.
Elle approchoit vingt ans, et venoit d'enterrer
Un mari, de ceux-là que l'on perd sans pleurer,
Vieux barbon qui laissoit d'écus plein une tonne.
　　En mille endroits de sa personne
La belle avoit de quoi mettre un Gascon aux cieux ;
　　Des attraits par-dessus les yeux,
　　Je ne sais quel air de pucelle,
　　Mais le cœur tant soit peu rebelle,
Rebelle toutefois de la bonne façon.
　　Voilà Philis. Quant au Gascon,
　　Il étoit Gascon, c'est tout dire.
　　Je laisse à penser si le sire
Importuna la veuve, et s'il fit des serments.
　　Ceux des Gascons et des Normands

Passent peu pour mots d'évangile.
C'étoit pourtant chose facile
De croire Dorilas de Philis amoureux ;
Mais il vouloit aussi que l'on le crût heureux.
Philis, dissimulant, dit un jour à cet homme :
« Je veux un service de vous :
Ce n'est pas d'aller jusqu'à Rome ;
C'est que vous nous aidiez à tromper un jaloux.
La chose est sans péril, et même fort aisée.
Nous voulons que cette nuit-ci
Vous couchiez avec le mari
De Cloris, qui m'en a priée.
Avec Damon s'étant brouillée,
Il leur faut une nuit entière et par-delà,
Pour démêler entre eux tout ce différend-là.
Notre but est qu'Eurilas pense,
Vous sentant près de lui, que ce soit sa moitié.
Il ne lui touche point, vit dedans l'abstinence,
Et, soit par jalousie ou bien par impuissance,
A retranché d'hymen certains droits d'amitié ;
Ronfle toujours, fait la nuit d'une traite :
C'est assez qu'en son lit il trouve une cornette.
Nous vous ajusterons : enfin, ne craignez rien ;
Je vous récompenserai bien. »

Pour se rendre Philis un peu plus favorable,
Le Gascon eût couché, dit-il, avec le diable.
La nuit vient : on le coiffe ; on le met au grand lit ;

On éteint les flambeaux ; Eurilas prend sa place.
   Du Gascon la peur se saisit ;
   Il devient aussi froid que glace ;
   N'oseroit tousser ni cracher,
   Beaucoup moins encor s'approcher ;
Se fait petit, se serre, au bord va se nicher,
Et ne tient que moitié de la rive occupée ;
Je crois qu'on l'auroit mis dans un fourreau d'épée.
Son coucheur cette nuit se retourna cent fois,
Et jusque sur le nez lui porta certains doigts
   Que la peur lui fit trouver rudes.
   Le pis de ses inquiétudes,
C'est qu'il craignoit qu'enfin un caprice amoureux
Ne prit à ce mari : tels cas sont dangereux,
Lorsque l'un des conjoints se sent privé du somme
Toujours nouveaux sujets alarmoient le pauvre homme.
L'on approchoit un pied, l'on étendoit un bras,
Il crut même sentir la barbe d'Eurilas.

Mais voici quelque chose à mon sens de terrible.
Une sonnette étoit près du chevet du lit :
Eurilas de sonner, et faire un bruit horrible.
   Le Gascon se pâme à ce bruit,
   Cette fois-là se croit détruit,
   Fait un vœu, renonce à sa dame,
   Et songe au salut de son âme.
Personne ne venant, Eurilas s'endormit.
   Avant qu'il fût jour, on ouvrit ;

Philis l'avoit promis : quand voici de plus belle
    Un flambeau, comble de tous maux.
    Le Gascon, après ces travaux,
    Se fût bien levé sans chandelle.
Sa perte étoit alors un point tout assuré.
On approche du lit. Le pauvre homme éclairé
    Prie Eurilas qu'il lui pardonne.
    Je le veux, dit une personne
    D'un ton de voix rempli d'appas.
    C'étoit Philis, qui d'Eurilas
Avoit tenu la place, et qui sans trop attendre
    Tout en chemise s'alla rendre
Dans les bras de Cloris qu'accompagnoit Damon :
C'étoit, dis-je, Philis, qui conta du Gascon
    La peine et la frayeur extrême ;
Et qui, pour l'obliger à se tuer soi-même,
   En lui montrant ce qu'il avoit perdu,
    Laissoit son sein à demi nu.

# LA FIANCÉE DU ROI DE GARBE

## NOUVELLE

Iʟ n'est rien qu'on ne conte en diverses façons ;
On abuse du vrai comme on fait de la feinte :
Je le souffre aux récits qui passent pour chansons ;
Chacun y met du sien sans scrupule et sans crainte.
Mais aux évènements de qui la vérité
  Importe à la postérité,
  Tels abus méritent censure.
Le fait d'Alaciel est d'une autre nature.
Je me suis écarté de mon original :
On en pourra gloser ; on pourra me mécroire :
  Tout cela n'est pas un grand mal ;

Alaciel et sa mémoire
Ne sauroient guere perdre à tout ce changement.
J'ai suivi mon auteur en deux points seulement :
    Points qui font véritablement
    Le plus *important* de l'histoire.
L'un est que par huit mains Alaciel passa
    Avant que d'entrer dans la bonne :
L'autre, que son fiancé ne s'en embarrassa,
    Ayant peut-être en sa personne
    De quoi négliger ce point-là.
  Quoi qu'il en soit, la belle en ses traverses,
    Accidents, fortunes diverses,
Eut beaucoup à souffrir, beaucoup à travailler,
    Changea huit fois de chevalier.
  Il ne faut pas pour cela qu'on l'accuse :
Ce n'étoit après tout que bonne intention,
    Gratitude ou compassion,
    Crainte de pis, honnête excuse.
Elle n'en plut pas moins aux yeux de son fiancé.
Veuve de huit galants, il la prit pour pucelle,
    Et dans son erreur par la belle
    Apparemment il fut laissé.
Qu'on y puisse être pris, la chose est toute claire ;
  Mais après huit, c'est une étrange affaire !
    Je me rapporte de cela
    A quiconque a passé par-là.


Zaïr, soudan d'Alexandrie,

Aima sa fille Alaciel
Un peu plus que sa propre vie.
Aussi ce qu'on se peut figurer sous le ciel
De bon, de beau, de charmant et d'aimable,
D'accommodant, j'y mets encor ce point,
La rendoit d'autant estimable :
En cela je n'augmente point.
Au bruit qui couroit d'elle en toutes ses provinces,
Mamolin, roi de Garbe, en devint amoureux.
Il la fit demander, et fut assez heureux
Pour l'emporter sur d'autres princes.
La belle aimoit déjà ; mais on n'en savoit rien.
Filles de sang royal ne se déclarent gueres ;
Tout se passe en leur cœur : cela les fâche bien ;
Car elles sont de chair ainsi que les bergeres.
Hispal, jeune seigneur de la cour du Soudan,
Bien fait, plein de mérite, l'honneur de l'Alcoran,
Plaisoit fort à la dame ; et d'un commun martyre
Tous deux brûloient, sans oser se le dire ;
Ou, s'ils se le disoient, ce n'étoit que des yeux,
Comme ils en étoient là, l'on accorda la belle.
Il fallut se résoudre à partir de ces lieux.
Zaïr fit embarquer son amant avec elle :
S'en fier à quelque autre eût peut-être été mieux.
Après huit jours de traite, un vaisseau de corsaires,
Ayant pris le dessus du vent,
Les attaqua : le combat fut sanglant ;
Chacun des deux partis y fit mal ses affaires.

Les assaillants, faits aux combats de mer,
Étoient les plus experts en l'art de massacrer ;
Joignoient l'adresse au nombre. Hispal par sa vaillance
    Tenoit les choses en balance.
Vingt corsaires pourtant montèrent sur son bord.
    Grifonio le gigantesque
    Conduisoit l'horreur et la mort
    Avecque cette soldatesque.
Hispal en un moment se vit environné :
Maint corsaire sentit son bras déterminé :
De ses yeux il sortoit des éclairs et des flammes.
Cependant qu'il étoit au combat acharné,
Grifonio courut à la chambre des femmes.
Il savoit que l'infante étoit dans ce vaisseau ;
'Et, l'ayant destinée à ses plaisirs infâmes,
    Il l'emportoit comme un moineau.
Mais la charge pour lui n'étant pas suffisante :
    Il prit aussi la cassette aux bijoux,
    Aux diamants, aux témoignages doux
      Que reçoit et garde une amante :
      Car quelqu'un m'a dit, entre nous,
Qu'Hispal en ce voyage avoit fait à l'infante
Un aveu dont d'abord elle parut contente,
Faute d'avoir le temps de s'en mettre en courroux.

Le malheureux corsaire, emportant cette proie,
    N'en eut pas long-temps de la joie :
    Un des vaisseaux, quoiqu'il fût accroché,

S'étant quelque peu détaché,
Comme Grifonio passoit d'un bord à l'autre,
Un pied sur son navire, un sur celui d'Hispal,
Le héros d'un revers coupe en deux l'animal :
Part du tronc tombe en l'eau disant sa patenôtre,
Et reniant Mahom, Jupin, et Tarvagant,
Avec maint autre dieu non moins extravagant ;
Part demeure sur pied en la même posture.
    On auroit ri de l'aventure
Si la belle avec lui n'eût tombé dedans l'eau.
Hispal se jette après : l'un et l'autre vaisseau,
Mal-mené du combat, et privé de pilote,
    Au gré d'Eole et de Neptune flotte,
La mort fit lâcher prise au géant pourfendu :
L'infante, par sa robe en tombant soutenue,
    Fut bientôt d'Hispal secourue.
Nager vers les vaisseaux eût été temps perdu ;
    Ils étoient presque à demi-mille :
    Ce qu'il jugea de plus facile,
    Fut de gagner certains rochers
Qui d'ordinaire étoient la perte des nochers,
Et furent le salut d'Hispal et de l'infante.
Aucuns ont assuré, comme chose constante,
Que même du péril la cassette échappa ;
    Qu'à des cordons étant pendue.
    La belle après soi la tira ;
    Autrement elle étoit perdue.
Notre nageur avoit l'infante sur son dos.

Le premier roc gagné, non pas sans quelque peine,
La crainte de la faim suivit celle des flots ;
Nul vaisseau ne parut sur la liquide plaine.
    Le jour s'achève ; il se passe une nuit :
Point de vaisseau près d'eux par le hasard conduit ;
      Point de quoi manger sur ces roches.
      Voilà notre couple réduit
A sentir de la faim les premières approches ;
Tous deux privés d'espoir, d'autant plus malheureux
      Qu'aimés aussi bien qu'amoureux,
Ils perdoient doublement en leur mésaventure.
Après s'être longtemps regardés sans parler :
Hispal, dit la princesse, il se faut consoler ;
Les pleurs ne peuvent rien près de la Parque dure.
Nous n'en mourrons pas moins : mais il dépend de nous
      D'adoucir l'aigreur de ses coups ;
C'est tout ce qui nous reste en ce malheur extrême.
Se consoler ! dit-il ; le peut-on quand on aime ?
Ah ! si... Mais non, madame, il n'est pas à propos
      Que vous aimiez ; vous seriez trop à plaindre.
Je brave à mon égard et la faim et les flots :
Mais, jetant l'œil sur vous, je trouve tout à craindre.
La princesse, à ces mots, ne se put plus contraindre :
    Pleurs de couler, soupirs d'être poussés,
      Regards d'être au ciel adressés,
    Et puis sanglots, et puis soupirs encore.
En ce même langage Hispal lui repartit,
    Tant qu'enfin un baiser suivit :

S'il fut pris ou donné, c'est ce que l'on ignore.
    Après force vœux impuissants,
  Le héros dit : Puisqu'en cette aventure
    Mourir nous est chose si sûre,
Qu'importe que nos corps des oiseaux ravissans
Ou des monstres marins deviennent la pâture ?
    Sépulture pour sépulture,
    La mer est égale, à mon sens.
Qu'attendons-nous ici qu'une fin languissante ?
    Seroit-il point plus à propos
    De nous abandonner aux flots ?
J'ai de la force encor ; la côte est peu distante ;
    Le vent y pousse ; essayons d'approcher ;
    Passons de rocher en rocher :
  J'en vois beaucoup où je puis prendre haleine.
  Alaciel s'y résolut sans peine.
Les revoilà sur l'onde ainsi qu'auparavant,
    La cassette en laisse suivant,
    Et le nageur, poussé du vent,
    De roc en roc portant la belle :
    Façon de naviguer nouvelle.
Avec l'aide du ciel et de ces reposoirs,
Et du Dieu qui préside aux liquides manoirs,
Hispal n'en pouvant plus de faim, de lassitude,
    De travail, et d'inquiétude,
    (Non pour lui, mais pour ses amours),
    Après avoir jeûné deux jours,
    Prit terre à la dixième traite,

Lui, la princesse, et la cassette.
Pourquoi, me dira-t-on, nous ramener toujours
    Cette cassette ? Est-ce une circonstance
    Qui soit de si grande importance ?
Oui, selon mon avis ; on va voir si j'ai tort.
    Je ne prends point ici l'essor,
    Ni n'affecte de railleries.
    Si j'avois mis nos gens à bord,
    Sans argent et sans pierreries,
    Seroient-ils pas demeurés court ?
    On ne vit ni d'air ni d'amour.
    Les amants ont beau dire et faire,
Il en faut revenir toujours au nécessaire.
La cassette y pourvut avec maint diamant.
Hispal vendit les uns, mit les autres en gages,
Fit achat d'un château le long de ces rivages.
Ce château, dit l'histoire, avoit un parc fort grand
    Ce parc, un bois ; ce bois, de beaux ombrages ;
    Sous ces ombrages nos amants
    Passoient d'agréables moments.
Voyez combien voilà de choses enchaînées,
    Et par la cassette amenées.


Or au fond de ce bois un certain antre étoit,
    Sourd et muet, et d'amoureuse affaire ;
    Sombre surtout : la nature sembloit
    L'avoir mis là non pour autre mystere.
    Nos deux amants se promenant un jour,

Il arriva que ce fripon d'Amour
Guida leurs pas vers ce lieu solitaire.
Chemin faisant, Hispal expliquoit ses desirs,
Moitié par ses discours, moitié par ses soupirs,
    Plein d'une ardeur impatiente :
La princesse écoutoit, incertaine et tremblante.
Nous voici, disoit-il, en un bord étranger,
    Ignorés du reste des hommes.
    Profitons-en ; nous n'avons à songer
Qu'aux douceurs de l'amour, en l'état où nous sommes.
    Qui vous retient ? on ne sait seulement
    Si nous vivons ; peut-être en ce moment
Tout le monde nous croit au corps d'une baleine.
    Ou favorisez votre amant,
    Ou qu'à votre époux il vous mene.
Mais pourquoi vous mener ? vous pouvez rendre heureux
Celui dont vous avez éprouvé la constance.
    Qu'attendez-vous pour soulager ses feux ?
    N'est-il point assez amoureux ?
Et n'avez-vous point fait assez de résistance ?


    Hispal haranguoit de façon
    Qu'il auroit échauffé des marbres,
Tandis qu'Alaciel, à l'aide d'un poinçon,
    Faisoit semblant d'écrire sur les arbres.
    Mais l'amour la faisoit rêver
    A d'autres choses qu'à graver
    Des caracteres sur l'écorce.

Son amant et le lieu l'assuroient du secret :
    C'était une puissante amorce.
    Elle résistoit à regret ;
Le printemps par malheur étoit lors en sa force.
    Jeunes cœurs sont bien empêchés
    A tenir leurs desirs cachés,
    Étant pris par tant de manieres.
Combien en voyons-nous se laisser pas à pas
    Ravir jusqu'aux faveurs dernieres,
    Qui dans l'abord ne croyoient pas
    Pouvoir accorder les premieres !
Amour, sans qu'on y pense, amene ces instans.
    Mainte fille a perdu ses gants,
    Et femme au partir s'est trouvée,
    Qui ne sait la plupart du temps
    Comme la chose est arrivée.

Près de l'antre venus, notre amant proposa
    D'entrer dedans. La belle s'excusa,
    Mais malgré soi, déjà presque vaincue.
Les services d'Hispal en ce même moment
    Lui reviennent devant la vue ;
Ses jours sauvés des flots, son honneur d'un géant :
    Que lui demandoit son amant ?
Un bien dont elle étoit à sa valeur tenue.
Il vaut mieux, disoit-il, vous en faire un ami,
Que d'attendre qu'un homme à la mine hagarde
Vous le vienne enlever : madame, songez-y,

L'on ne sait pour qui l'on le garde.
L'infante à ces raisons se rendant à demi,
     Une pluie acheva l'affaire.
     Il fallut se mettre à l'abri :
Je laisse à penser où. Le reste du mystere
     Au fond de l'antre est demeuré.
Que l'on la blâme ou non, je sais plus d'une belle
     A qui ce fait est arrivé,
Sans en avoir moitié d'autant d'excuses qu'elle,

L'antre ne les vit seul de ces douceurs jouir.
Rien ne coûte en amour que la premiere peine.
Si les arbres parloient, il feroit bel ouïr
     Ceux de ce bois ; car la forêt n'est pleine
     Que des monuments amoureux
Qu'Hispal nous a laissés, glorieux de sa proie.
On y verroit écrit : *Ici, pâma de joie*
     *Des mortels le plus heureux :*
*Là, mourut un amant sur le sein de sa dame :*
     *En cet endroit, mille baisers de flamme*
     *Furent donnés, et mille autres rendus.*
Le parc diroit beaucoup, le château beaucoup plus,
     Si châteaux avoient une langue.
La chose en vint au point que, las de tant d'amour,
Nos amants à la fin regretterent la Cour.
La belle s'en ouvrit, et voici sa harangue :

Vous m'êtes cher, Hispal ; j'aurois du déplaisir

Si vous ne pensiez pas que toujours je vous aime.
Mais qu'est-ce qu'un amour sans crainte et sans desir ?
   Je vous le demande à vous-même.
   Ce sont des feux bientôt passés
Que ceux qui ne sont point dans leurs cours traversés ;
   Il y faut un peu de contrainte.
Je crains fort qu'à la fin ce séjour si charmant
Ne nous soit un desert, et puis un monument.
   Hispal, ôtez-moi cette crainte.
   Allez-vous-en voir promptement
Ce qu'on croira de moi dedans Alexandrie,
  Quand on saura que nous sommes en vie.
   Déguisez bien notre séjour :
Dites que vous venez préparer mon retour,
Et faire qu'on m'envoie une escorte si sûre,
   Qu'il n'arrive plus d'aventure.
   Croyez-moi, vous n'y perdrez rien :
   Trouvez seulement le moyen
   De me suivre en ma destinée,
   Ou de fillage ou d'hyménée ;
   Et tenez pour chose assurée
   Que, si je ne vous fais du bien,
   Je serai de près éclairée.

   Que ce fût ou non son dessein,
Pour se servir d'Hispal il falloit tout promettre.
Dès qu'il trouve à propos de se mettre en chemin,
L'infante pour Zaïr le charge d'une lettre.

Il s'embarque, il fait voile, il vogue, il a bon vent;
Il arrive à la Cour, où chacun lui demande
    S'il est mort, s'il est vivant,
    Tant la surprise fut grande;
En quels lieux est l'infante, enfin ce qu'elle fait.
    Dès qu'il eut à tout satisfait,
  On fit partir une escorte puissante.
Hispal fut retenu; non qu'on eût en effet
    Le moindre soupçon de l'infante.
Le chef de cette escorte étoit jeune et bien fait.
Abordé près du parc, avant tout il partage
    Sa troupe en deux, laisse l'une au rivage,
    Va droit avec l'autre au château.
La beauté de l'infante étoit beaucoup accrue :
Il en devint épris à la première vue;
Mais tellement épris, qu'attendant qu'il fît beau,
Pour ne point perdre de temps il lui dit sa pensée.
    Elle s'en tint fort offensée,
    Et l'avertit de son devoir.
Témoigner en tels cas un peu de désespoir
    Est quelquefois une bonne recette.
C'est ce que fait notre homme; il forme le dessein
    De se laisser mourir de faim;
Car de se poignarder, la chose est trop tôt faite :
    On n'a pas le temps d'y venir
      Au repentir.
D'abord Alaciel rioit de sa sottise.
Un jour se passe entier, lui sans cesse jeûnant,

Elle toujours le détournant
D'une si terrible entreprise.
Le second jour commence à la toucher.
Elle rêve à cette aventure.
Laisser mourir un homme, et pouvoir l'empêcher !
C'est avoir l'âme un peu trop dure.
Par pitié donc elle condescendit
Aux volontés du capitaine ;
Et cet office lui rendit
Gaiement, de bonne grace, et sans montrer de peine :
Autrement le remede eût été sans effet.
Tandis que le galant se trouve satisfait,
Et remet les autres affaires,
Disant tantôt que les vents sont contraires,
Tantôt qu'il faut radouber ses galeres
Pour être en état de partir ;
Tantôt, qu'on vient de l'avertir
Qu'il est attendu des corsaires.
Un corsaire en effet arrive, et surprenant
Ses gens demeurés à la rade,
Les tue, et va donner au château l'escalade :
Du fier Grifonio c'étoit le lieutenant.
Il prend le château d'emblée :
Voilà la fête troublée.
Le jeûneur maudit son sort.
Le corsaire apprend d'abord
L'aventure de la belle ;
Et, la tirant à l'écart,

Il en veut avoir sa part.
Elle fit fort la rebelle.
Il ne s'en étonna pas,
N'étant novice en tel cas.
Le mieux que vous puissiez faire,
Lui dit tout franc ce corsaire,
C'est de m'avoir pour ami ;
Je suis corsaire et demi.
Vous avez fait jeûner un pauvre misérable
Qui se mouroit pour vous d'amour ;
Vous jeûnerez à votre tour,
Ou vous me serez favorable.
La justice le veut : nous autres gens de mer
Savons rendre à chacun selon ce qu'il mérite ;
Attendez-vous de n'avoir à manger
Que quand de ce côté vous aurez été quitte.
Ne marchandez point tant, madame, et croyez-moi.
Qu'eût fait Alaciel ? force n'a point de loi.
S'accommoder à tout est chose nécessaire ;
Ce qu'on ne voudroit pas, souvent il le faut faire,
Quand il plaît au destin que l'on en vienne là.
Augmenter sa souffrance est une erreur extrême :
Si par pitié d'autrui la belle se força,
Que ne point essayer par pitié de soi-même ?
Elle se force donc, et prend en gré le tout.
Il n'est affliction dont on ne vienne à bout.
Si le corsaire eût été sage,
Il eût mené l'infante en un autre rivage.

Sage en amour ? hélas ! il n'en est point.
Tandis que celui-ci croit avoir tout à point,
Vent pour partir, lieu propre pour attendre,
Fortune, qui ne dort que lorsque nous veillons,
Et veille quand nous sommeillons,
Lui trame en secret cet esclandre.

Le seigneur d'un château voisin de celui-ci,
Homme fort ami de la joie,
Sans nulle attache, et sans souci
Que de chercher toujours quelque nouvelle proie,
Ayant eu le vent des beautés,
Perfections, commodités,
Qu'en sa voisine on disoit être,
Ne songeoit nuit et jour qu'à s'en rendre le maître.
Il avoit des amis, de l'argent, du crédit,
Pouvoit assembler deux mille hommes.
Il les assemble donc un beau jour, et leur dit :
Souffrirons-nous, braves gens que nous sommes,
Qu'un pirate à nos yeux se gorge de butin ?
Qu'il traite comme esclave une beauté divine ?
Allons tirer notre voisine
D'entre les griffes du mâtin.
Que ce soir chacun soit en armes,
Mais doucement et sans donner d'alarmes ;
Sous les auspices de la nuit,
Nous pourrons nous rendre sans bruit
Au pied de ce château, dès la petite pointe

Du jour.
La surprise à l'ombre étant jointe
Nous rendra sans hasard maîtres de ce séjour.
Pour ma part du butin je ne veux que la dame ;
Non pas pour en user ainsi que ce voleur :
Je me sens un désir en l'ame
De lui restituer ses biens et son honneur.
Tout le reste est à vous, hommes, chevaux, bagage,
Vivres, munitions, enfin tout l'équipage
Dont ces brigands ont empli la maison.
Je vous demande encore un don ;
C'est qu'on pende aux creneaux, haut et court le corsaire.
Cette harangue militaire
Leur sut tant d'ardeur inspirer,
Qu'il en fallut une autre afin de modérer
Le trop grand desir de bien faire.
Chacun repait, le soir étant venu :
L'on mange peu ; l'on boit en récompense :
Quelques tonneaux sont mis sur cu.
Pour avoir fait cette dépense,
Il s'est gagné plusieurs combats
Tant en Allemagne qu'en France.
Ce seigneur donc n'y manqua pas,
Et ce fut un trait de prudence.
Mainte échelle est portée, et point d'autre embarras,
Point de tambours, force bons coutelas.
On part sans bruit, on arrive en silence,
L'Orient venoit de s'ouvrir :

C'est un temps où le somme est dans sa violence,
Et qui par sa fraîcheur nous contraint de dormir.
        Presque tout le peuple corsaire,
Du sommeil à la mort n'ayant qu'un pas à faire,
        Fut assommé sans le sentir.
    Le chef pendu, l'on amene l'infante.
        Son peu d'amour pour le voleur,
        Sa surprise et son épouvante,
Et les civilités de son libérateur,
Ne lui permirent pas de répandre des larmes.
Sa priere sauva la vie à quelques gens.
Elle plaignit les morts, consola les mourants,
Puis quitta sans regret ces lieux remplis d'alarmes.
        On dit même qu'en peu de temps
            Elle perdit la mémoire
            De ses deux derniers galants :
            Je n'ai pas peine à le croire.
Son voisin la reçut en un appartement
    Tout brillant d'or et meublé richement.
On peut s'imaginer l'ordre qu'il y fit mettre :
        Nouvel hôte et nouvel amant,
        Ce n'étoit pas pour rien omettre.
Grande chere surtout, et des vins fort exquis :
        Les dieux ne sont pas mieux servis.
        Alaciel qui de sa vie,
        Selon sa loi, n'avoit bu vin.
        Goûta ce soir, par compagnie,
        De ce breuvage si divin.

Elle ignoroit l'effet d'une liqueur si douce ;
    Insensiblement fit carrousse :
Et comme amour jadis lui troubla la raison,
    Ce fut lors un autre poison.
    Tous deux sont à craindre des dames.
    Alaciel mise au lit par ses femmes,
Ce bon seigneur s'en fut la trouver tout d'un pas.
Quoi trouver ? dira-t-on ; d'immobiles appas ?
Si j'en trouvois autant, je saurois bien qu'en faire,
    Disoit l'autre jour un certain :
    Qu'il me vienne une même affaire,
On verra si j'aurai recours à mon voisin.
Bacchus donc, et Morphée, et l'hôte de la belle,
    Cette nuit disposèrent d'elle.
Les charmes des premiers dissipés à la fin,
    La princesse, au sortir du somme,
    Se trouva dans les bras d'un homme.
    La frayeur lui glaça la voix :
Elle ne put crier, et de crainte saisie
Permit tout à son hôte, et pour une autre fois
    Lui laissa lier la partie.
Une nuit, lui dit-il, est de même que cent ;
Ce n'est que la première à quoi l'on trouve à dire.
Alaciel le crut. L'hôte enfin se lassant
    Pour d'autres conquêtes soupire.

    Il part un soir, prie un de ses amis
De faire cette nuit les honneurs du logis,

Prendre sa place, aller trouver la belle,
Pendant l'obscurité se coucher auprès d'elle,
  Ne point parler ; qu'il étoit fort aisé ;
Et qu'en s'acquittant bien de l'emploi proposé
L'infante assurément agréeroit son service.
L'autre bien volontiers lui rendit cet office :
Le moyen qu'un ami puisse être refusé !
A ce nouveau venu la voilà donc en proie.
Il ne put sans parler contenir cette joie.
La belle se plaignit d'être ainsi leur jouet :
    Comment l'entend monsieur mon hôte,
Dit-elle, et de quel droit me donner comme il fait ?
    L'autre confessa qu'en effet
  Ils avoient tort ; mais que toute la faute
    Etoit au maître du logis.
    Pour vous venger de son mépris,
  Poursuivit-il, comblez-moi de caresses ;
    Enchérissez sur les tendresses
Que vous eûtes pour lui tant qu'il fut votre amant :
Aimez-moi par dépit et par ressentiment,
    Si vous ne pouvez autrement.
Son conseil fut suivi ; l'on poussa les affaires ;
    L'on se vengea ; l'on n'omit rien.
    Que si l'ami s'en trouva bien,
    L'hôte ne s'en tourmenta gueres.


    Et de cinq, si j'ai bien compté.
Le sixieme incident des travaux de l'infante

Par quelques-uns est rapporté
D'une maniere differente.
Force gens concluront de là
Que d'un galant au moins je fais grace à la belle.
C'est medisance que cela ;
Je ne voudrois mentir pour elle :
Son époux n'eut assurément
Que huit précurseurs seulement.
Poursuivons donc notre nouvelle.
L'hôte revint quand l'ami fut content.
Alaciel lui pardonnant,
Fit entre eux les choses égales,
La clémence sied bien aux personnes royales.
Ainsi de main en main Alaciel passoit,
Et souvent se divertissoit
Aux menus ouvrages des filles
Qui la servoient, toutes assez gentilles.
Elle en aimoit fort une à qui l'on en contoit ;
Et le conteur étoit un certain gentilhomme
De ce logis, bien fait et galant homme,
Mais violent dans ses desirs,
Et grand ménager de soupirs,
Jusques à commencer, près de la plus sévère,
Par où l'on finit d'ordinaire.
Un jour, au bout du parc, le galant rencontra,
Cette fillette ;
Et dans un pavillon fit tant, qu'il l'attira
Toute seulette.

L'infante étoit fort près de là :
Mais il ne la vit point, et crut en assurance
Pouvoir user de violence.
Sa médisante humeur, grand obstacle aux faveurs,
Peste d'amour et des douceurs
Dont il tire sa subsistance,
Avoit de ce galant souvent grêlé l'espoir.
La crainte lui nuisoit autant que le devoir.
Cette fille l'auroit, selon toute apparence,
Favorisé,
Si la belle eût osé.
Se voyant craint de cette sorte,
Il fit tant, qu'en ce pavillon
Elle entra par occasion :
Puis le galant ferme la porte ;
Mais en vain, car l'infante avoit de quoi l'ouvrir.
La fille voit sa faute, et tâche de sortir.
Il la retient : elle crie, elle appelle :
L'infante vient, et vient comme il falloit,
Quand sur ses fins la demoiselle étoit.
Le galant, indigné de la manquer si belle,
Perd tout respect, et jure par les dieux
Qu'avant de sortir de ces lieux
L'une ou l'autre paira sa peine,
Quand il devroit leur attacher les mains.
Si loin de tous secours humains,
Dit-il, la résistance est vaine.
Tirez au sort sans marchander ;

Je ne saurois vous accorder
    Que cette grace;
Il faut que l'une ou l'autre passe
    Pour aujourd'hui.
Qu'a fait madame ? dit la belle,
Pâtira-t-elle pour autrui ?
Oui, si le sort tombe sur elle,
Dit le galant; prenez-vous en à lui.
Non, non, reprit alors l'infante,
Il ne sera pas dit que l'on ait, moi présente,
    Violenté cette innocente.
Je me résous plutôt à toute extrémité.
    Ce combat plein de charité
Fut par le sort à la fin terminé.
    L'infante en eut toute la gloire :
Il lui donna sa voix, à ce que dit l'histoire,
    L'autre sortit, et l'on jura
    De ne rien dire de cela.
Mais le galant se seroit laissé pendre,
Plutôt que de cacher un secret si plaisant;
Et pour le divulguer il ne voulut attendre,
Que le temps qu'il falloit pour trouver seulement
    Quelqu'un qui le voulût entendre.
    Ce changement de favoris
    Devint à l'infante une peine;
    Elle eut regret d'être l'Hélene
    D'un si grand nombre de Pâris.
    Aussi l'amour se jouoit d'elle.

Un jour, entre autres, que la belle
Dans un bois dormoit à l'écart,
Il s'y rencontra par hasard
Un chevalier errant, grand chercheur d'aventures,
De ces sortes de gens que sur des palefrois
    Les belles suivoient autrefois,
    Et passoient pour chastes et pures.
Celui-ci, qui donnoit à ses desirs l'essor,
Comme faisoient jadis Roger et Galaor,
    N'eut vu la princesse endormie,
Que de prendre un baiser il forma le dessein :
Tout prêt à faire choix de la bouche ou du sein,
Il étoit sur le point d'en passer son envie,
    Quand tout d'un coup il se souvint
    Des loix de la chevalerie.
    A ce penser il se retint,
    Priant toutefois en son ame
    Toutes les puissances d'amour
    Qu'il pût courir en ce séjour
    Quelque aventure avec la dame.
L'infante s'éveilla, surprise au dernier point.
    Non, non, dit-il, ne craignez point;
    Je ne suis géant ni sauvage,
Mais chevalier errant, qui rends graces aux dieux
    D'avoir trouvé dans ce bocage
Ce qu'à peine on pourroit rencontrer dans les cieux.
Après ce compliment, sans plus longue demeure,
Il lui dit en deux mots l'ardeur qui l'embrasoit :

C'étoit un homme qui faisoit
Beaucoup de chemin en peu d'heure.
Le refrain fut d'offrir sa personne et son bras,
Et tout ce qu'en semblable cas
On a de coutume de dire
A celles pour qui l'on soupire.
Son offre fut reçue, et la belle lui fit
Un long roman de son histoire,
Supprimant, comme l'on peut croire,
Les six galants. L'aventurier en prit
Ce qu'il crut à propos d'en prendre ;
Et comme Alaciel de son sort se plaignit,
Cet inconnu s'engagea de la rendre
Chez Zaïr ou dans Garbe, avant qu'il fût un mois.
Dans Garbe ? non, reprit-elle, et pour cause :
Si les dieux avoient mis la chose
Jusques à présent à mon choix,
J'aurois voulu revoir Zaïr et ma patrie.
Pourvu qu'Amour me prête vie,
Vous les verrez, dit-il. C'est seulement à vous
D'apporter remede à vos coups,
Et consentir que mon ardeur s'appaise :
Si j'en mourois, (à vos bontés ne plaise !)
Vous demeureriez seule ; et pour vous parler franc,
Je tiens ce service assez grand
Pour me flatter d'une espérance
De récompense.
Elle en tomba d'accord, promit quelques douceurs,

Convint d'un nombre de faveurs
Qu'afin que la chose fût sûre,
Cette princesse lui paîroit,
Non tout d'un coup, mais à mesure
Que le voyage se feroit,
Tant chaque jour, sans nulle faute.
Le marché s'étant ainsi fait,
La princesse en croupe se met,
Sans prendre congé de son hôte.
L'inconnu, qui pour quelque temps
S'étoit défait de tous ses gens,
Les rencontra bientôt. Il avoit dans sa troupe
Un sien neveu fort jeune, avec son gouverneur.
Notre héroïne prend en descendant de croupe
Un palefroi. Cependant le seigneur
Marche toujours à côté d'elle,
Tantôt lui conte une nouvelle,
Et tantôt lui parle d'amour,
Pour rendre le chemin plus court.
Avec beaucoup de foi le traité s'exécute :
Pas la moindre ombre de dispute :
Point de faute au calcul, non plus qu'entre marchands.
De faveur en faveur (ainsi comptoient ces gens),
Jusqu'au bord de la mer enfin ils arriverent,
Et s'embarquerent.
Cet élément ne leur fut pas moins doux
Que l'autre avoit été; certain calme au contraire,
Prolongeant le chemin, augmenta le salaire.

Sains et gaillards, ils débarquerent tous
Au port de Joppe, et là se rafraîchirent ;
   Au bout de deux jours en partirent
   Sans autre escorte que leur train.
   Ce fut aux brigands une amorce :
   Un gros d'Arabes, en chemin
Les ayant rencontrés, ils cédoient à la force,
Quand notre aventurier fit un dernier effort,
Repoussa les briguands, reçut une blessure
   Qui le mit dans la sépulture,
   Non sur-le-champ ; devant sa mort
Il pourvut à la belle, ordonna du voyage,
En chargea son neveu, jeune homme de courage,
   Lui léguant par même moyen
Le surplus des faveurs, avec son équipage,
   Et tout le reste de son bien.
Quand on fut revenu de toutes ces alarmes,
Et que l'on eut versé certain nombre de larmes,
   On satisfit au testament du mort ;
  On paya les faveurs, dont enfin la derniere
   Échut justement sur le bord
     De la frontière.
En cet endroit le neveu la quitta,
   Pour ne donner aucun ombrage ;
   Et le gouverneur la guida
   Pendant le reste du voyage.
  Au Soudan il la présenta.
   D'exprimer ici la tendresse,

Ou, pour mieux dire, les transports
Que témoigna Zaïr en voyant la princesse,
    Il faudroit de nouveaux efforts,
Et je n'en puis plus faire. Il est bon que j'imite
    Phébus, qui sur la fin du jour
    Tombe d'ordinaire si court
    Qu'on diroit qu'il se précipite.
Le gouverneur aimoit à se faire écouter ;
Ce fut un passe-temps de l'entendre conter
    Monts et merveilles de la dame.
    Qui rioit sans doute en son ame.
Seigneur, dit le bon homme en parlant au Soudan,
Hispal étant parti, madame incontinent,
Pour fuir oisiveté, principe de tout vice,
Résolut de vaquer nuit et jour au service
D'un dieu qui chez ces gens a beaucoup de crédit.
    Je ne vous aurois jamais dit
    Tous ses temples et ses chapelles,
Nommés pour la plupart alcoves et ruelles.
Là, les gens pour idole ont un certain oiseau
    Qui dans ses portraits est fort beau,
    Quoiqu'il n'ait des plumes qu'aux ailes.
    Au contraire des autres dieux,
    Qu'on ne sert que quand on est vieux,
    La jeunesse lui sacrifie.
    Si vous saviez l'honnête vie
Qu'en le servant menoit madame Alaciel,
    Vous béniriez cent fois le ciel

De vous avoir donné fille tant accomplie.
Au reste, en ces pays on vit d'autre façon
 Que parmi vous : les belles vont et viennent ;
  Point d'eunuques qui les retiennent ;
Les hommes en ces lieux ont tous barbe au menton.
Madame dès l'abord s'est faite à leur méthode,.
  Tant elle est de facile humeur ;
  Et je puis dire à son honneur
  Que de tout elle s'accommode.

Zaïr étoit ravi. Quelques jours écoulés,
La princesse partit pour Garbe en grande escorte.
Les gens qui la suivoient furent tous régalés
 De beaux présents ; et d'une amour si forte
Cette belle toucha le cœur de Mamolin,
Qu'il ne se tenoit pas. On fit un grand festin
 Pendant lequel, ayant belle audience,
Alaciel conta tout ce qu'elle voulut,
  Dit les mensonges qu'il lui plut.
Mamolin et sa cour écoutoient en silence.
La nuit vint : on porta la reine dans son lit.
  A son honneur elle en sortit :
  Le prince en rendit témoignage.
  Alaciel, à ce qu'on dit,
  N'en demandoit pas davantage.

Ce conte nous apprend que beaucoup de maris
Qui se vantent de voir fort clair en leurs affaires,

N'y viennent bien souvent qu'après les favoris,
Et, tout savants qu'ils sont, ne s'y connoissent gueres..
Le plus sûr toutefois est de se bien garder,
    Craindre tout, ne rien hasarder.
Filles, maintenez-vous ; l'affaire est d'importance.
Rois de Garbe ne sont oiseaux communs en France..
Vous voyez que l'hymen y suit l'accord de près :
    C'est là l'un des plus grands secrets
    Pour empêcher les aventures.
Je tiens vos amitiés fort chastes et fort pures ;
Mais Cupidon alors fait d'étranges leçons.
    Rompez-lui toutes ses mesures,
Pourvoyez à la chose aussi bien qu'aux soupçons.
Ne m'allez point conter : C'est le droit des garçons.
Les garçons sans ce droit ont assez où se prendre.
Si quelqu'une pourtant ne s'en pouvoit défendre,
Le remede sera de rire en son malheur.
    Il est bon de garder sa fleur ;
Mais, pour l'avoir perdue, il ne se faut pas pendre.

# LA COUPE ENCHANTÉE

NOUVELLE TIRÉE DE L'ARIOSTE

Les maux les plus cruels ne sont que des chansons
Près de ceux qu'aux maris cause la jalousie.
Figurez-vous un fou chez qui tous les soupçons
    Sont bien venus, quoi qu'on lui die.
Il n'a pas un moment de repos en sa vie :
Si l'oreille lui tinte, ô Dieux ! tout est perdu.
Ses songes sont toujours que l'on le fait cocu.
    Pourvu qu'il songe, c'est l'affaire :
Je ne vous voudrois pas un tel point garantir ;
    Car pour songer il faut dormir,
    Et les jaloux ne dorment guere.

Le moindre bruit éveille un mari soupçonneux :
Qu'alentour de sa femme une mouche bourdonne,
    C'est cocuage qu'en personne
    Il a vu de ses propres yeux,
Si bien vu que l'erreur n'en peut être effacée.
Il veut à toute force être au nombre des sots.
Il se maintient cocu, du moins de la pensée,
    S'il ne l'est en chair et en os.
Pauvres gens ! dites-moi, qu'est-ce que cocuage ?
    Quel tort vous fait-il, quel dommage ?
Qu'est-ce enfin que ce mal dont tant de gens de bien
    Se moquent avec juste cause ?
    Quand on l'ignore, ce n'est rien ;
    Quand on le sait, c'est peu de chose.
Vous croyez cependant que c'est un fort grand cas :
Tâchez donc d'en douter, et ne ressemblez pas
A celui-là qui but dans la coupe enchantée.
    Profitez du malheur d'autrui.
Si cette histoire peut soulager votre ennui,
    Je vous l'aurai bientôt contée.
    Mais je vous veux premièrement
    Prouver par bon raisonnement
Que ce mal, dont la peur vous mine et vous consume,
N'est mal qu'en votre idée, et non point dans l'effet,
    En mettez-vous votre bonnet
    Moins aisément que de coutume ?
    Cela s'en va-t-il pas tout net ?
Voyez-vous qu'il en reste une seule apparence,

Une tache qui nuise à vos plaisirs secrets ?
Ne retrouvez-vous pas toujours les mêmes traits ?
Vous appercevez-vous d'aucune différence ?
    Je tire donc ma conséquence,
Et dis, malgré le peuple ignorant et brutal,
    Cocuage n'est point un mal.
  Oui, mais l'honneur est une étrange affaire.
Qui vous soutient que non ? ai-je dit le contraire ?
Hé bien l'honneur, l'honneur ! je n'entends que ce mot.
Apprenez qu'à Paris ce n'est pas comme à Rome :
Le cocu qui s'afflige y passe pour un sot,
Et le cocu qui rit, pour un fort honnête homme.
Quand on prend comme il faut cet accident fatal,
    Cocuage n'est point un mal.
Prouvons que c'est un bien : la chose est fort facile.
Tout vous rit ; votre femme est souple comme un gant,
Et vous pourriez avoir vingt mignonnes en ville,
Qu'on n'en sonneroit pas deux mots en tout un an.
    Quand vous parlez, c'est dit notable ;
    On vous met le premier à table ;
    C'est pour vous la place d'honneur,
    Pour vous le morceau du seigneur :
Heureux qui vous le sert ! la blondine chiorme
Afin de vous gagner n'épargne aucun moyen :
Vous êtes le patron : donc je conclus en forme,
    Cocuage est un bien.
Quand vous perdez au jeu, l'on vous donne revanche ;
Même votre homme écarte et ses as et ses rois.

Avez-vous sur les bras quelque monsieur Dimanche ?
Mille bourses vous sont ouvertes à la fois.
Ajoutez que l'on tient votre femme en haleine ;
Elle n'en vaut que mieux, n'en a que plus d'appas.
Ménélas rencontra des charmes dans Hélene
Qu'avant d'être à Pâris la belle n'avoit pas.
Ainsi de votre épouse : on veut qu'elle vous plaise.
Qui dit prude au contraire, il dit laide ou mauvaise,
Incapable en amour d'apprendre jamais rien.
Pour toutes ces raisons je persiste en ma these,
        Cocuage est un bien.
Si ce prologue est long, la matiere en est cause :
Ce n'est pas en passant qu'on traite cette chose.
Venons à notre histoire. Il étoit un quidam,
Dont je tairai le nom, l'état et la patrie.
    Celui-ci, de peur d'accident,
    Avoit juré que de sa vie
Femme ne lui seroit autre que bonne amie,
Nymphe, si vous voulez, bergere, et cetera ;
Pour épouse, jamais il n'en vint jusques-là.
S'il eut tort ou raison, c'est un point que je passe.
Quoi qu'il en soit, hymen n'ayant pu trouver grace
    Devant cet homme, il fallut que l'amour
    Se mêlât seul de ses affaires,
Eût soin de le fournir des choses nécessaires,
    Soit pour la nuit, soit pour le jour.
Il lui procura donc les faveurs d'une belle,
    Qui d'une fille naturelle

Le fit pere, et mourut. Le pauvre homme en pleúra,
    Se plaignit, gémit, soupira,
    Non comme qui perdroit sa femme,
Tel deuil n'est bien souvent que changement d'habits,
Mais comme qui perdroit tous ses meilleurs amis,
    Son plaisir, son cœur et son ame.
La fille crût, se fit : on pouvoit déjà voir
    Hausser et baisser son mouchoir.
Le temps coule : on n'est pas sitôt à la bavette
Qu'on trotte, qu'on raisonne : on devient grandelette,
Puis grande tout-à-fait ; et puis le serviteur.
    Le pere, avec raison, eut peur
    Que sa fille, chassant de race,
  Ne le prévint, et ne prévint encor
    Prêtre, notaire, hymen, accord,
Choses qui d'ordinaire ôtent toute la grace
    Au présent que l'on fait de soi.
    La laisser sur sa bonne foi,
    Ce n'étoit pas chose trop sûre.
    Il vous mit donc la créature
Dans un couvent. Là cette belle apprit
Ce qu'on apprend, à manier l'aiguille.
    Point de ces livres qu'une fille
Ne lit qu'avec danger, et qui gâtent l'esprit :
Le langage d'amour étoit jargon pour elle.
    On n'eût su tirer de la belle
    Un seul mot que de sainteté :
    En spiritualité

Elle auroit confondu le plus grand personnage.
Si l'une des nonnains la louoit de beauté :
Mon Dieu, fi ! disoit-elle ; ah ! ma sœur, soyez sage ;
Ne considérez point des traits qui périront ;
C'est terre que cela, les vers le mangeront.
Au reste, elle n'avoit au monde sa pareille
    A manier un canevas,
Filoit mieux que Cloton, brodoit mieux que Pallas,
Tapissoit mieux qu'Arachne, et mainte autre merveille.
Sa sagesse, son bien, le bruit de ses beautés,
Mais le bien plus que tout y fit mettre la presse ;
Car la belle étoit là comme en lieux empruntés,
   Attendant mieux, ainsi que l'on y laisse
     Les bons partis, qui vont souvent
     Au moutier sortant du couvent.
Vous saurez que le pere avoit, long-temps devant,
    Cette fille légitimée.
Caliste (c'est le nom de notre renfermée)
N'eut pas la clef des champs qu'adieu les livres saints.
    Il se présenta des blondins,
    De bons bourgeois, des paladins,
Des gens de tous états, de tout poil, de tout âge.
La belle en choisit un, bien fait, beau personnage,
   D'humeur commode, à ce qu'il lui sembla ;
Et pour gendre aussitôt le pere l'agréa.
  La dot fut ample, ample fut le douaire :
La fille étoit unique, et le garçon aussi.
Mais ce ne fut pas là le meilleur de l'affaire ;

Les mariés n'avoient souci
    Que de s'aimer et de se plaire.
Deux ans de paradis s'étant passés ainsi,
    L'enfer des enfers vint ensuite.
Une jalouse humeur saisit soudainement
    Notre époux, qui fort sottement
S'alla mettre en l'esprit de craindre la poursuite
D'un amant qui, sans lui, se seroit morfondu.
    Sans lui, le pauvre homme eût perdu
    Son temps à l'entour de la dame,
Quoique pour la gagner il tentât tout moyen.
Que doit faire un mari quand on aime sa femme ?
        Rien.
    Voici pourquoi je lui conseille
De dormir, s'il se peut, d'un et d'autre côté.
    Si le galant est écouté,
Vos soins ne feront pas qu'on lui ferme l'oreille.
Quant à l'occasion, cent pour une. Mais si
Des discours du blondin la belle n'a souci,
Vous le lui faites naître, et la chance se tourne.
    Volontiers où soupçon séjourne,
    Cocuage séjourne aussi.
Damon (c'est notre époux) ne comprit pas ceci.
Je l'excuse et le plains ; d'autant plus que l'ombrage
    Lui vint par conseil seulement :
    Il eût fait un trait d'homme sage
    S'il n'eût cru que son mouvement.
    Vous allez entendre comment.

L'enchanteresse Nérie
Fleurissoit lors ; et Circé,
Au prix d'elle, en diablerie
N'eût été qu'à l'A. B. C.
Car Nérie eut à ses gages
Les intendants des orages,
Et tint le destin lié.
Les zéphirs étoient ses pages :
Quant à ses valets de pié,
C'étoient messieurs les Borées.
Qui portoient par les contrées
Ses mandats souventefois,
Gens dispos, mais peu courtois.


Avec toute sa science,
Elle ne put trouver de remede à l'amour :
Damon la captiva. Celle dont la puissance
    Eût arrêté l'astre du jour,
Brûle pour un mortel, qu'en vain elle souhaite
Posséder une nuit à son contentement.
Si Nérie eût voulu des baisers seulement,
    C'étoit une affaire faite ;
Mais elle alloit au point, et ne marchandoit pas.
    Damon, quoiqu'elle eût des appas,
Ne pouvoit se résoudre à fausser la promesse
    D'être fidele à sa moitié,
    Et vouloit que l'enchanteresse

S'en tint aux marques d'amitié.

Où sont-ils ces maris ? la race en est cessée ;
Et même je ne sais si jamais on en vit.
L'histoire en cet endroit est, selon ma pensée,
    Un peu sujette à contredit.
L'hippogriffe n'a rien qui me choque l'esprit,
    Non plus que la lance enchantée ;
Mais ceci c'est un point qui d'abord me surprit :
Il passera pourtant, j'en ai fait passer d'autres.
Les gens d'alors étoient d'autres gens que les nôtres ;
    On ne vivoit pas comme on vit.
Pour venir à ses fins, l'amoureuse Nérie
    Employa philtres et brevets,
Eut recours aux regards remplis d'afféterie,
    Enfin n'omit aucuns secrets.
Damon à ses ressorts opposoit l'hyménée ;
    Nérie en fut fort étonnée.
Elle lui dit un jour : Votre fidélité
Vous paroît héroïque et digne de louange ;
Mais je voudrois savoir comment de son côté
    Caliste en use, et lui rendre le change.
Quoi donc ! si votre femme avoit un favori,
Vous feriez l'homme chaste auprès d'une maîtresse ?
Et pendant que Caliste, attrapant son mari,
Pousseroit jusqu'au bout ce qu'on nomme tendrèsse,
    Vous n'iriez qu'à moitié chemin ?
    Je vous croyois beaucoup plus fin,

Et ne vous tenois pas homme de mariage.
Laissez les bons bourgeois se plaire en leur ménage ;
C'est pour eux seuls qu'hymen fit les plaisirs permis.
Mais vous, ne pas chercher ce qu'amour a d'exquis !
Les plaisirs défendus n'auront rien qui vous pique,
Et vous les bannirez de votre république !
Non, non ; je veux qu'ils soient désormais vos amis.
Faites-en seulement l'épreuve ;
Ils vous feront trouver Caliste toute neuve,
Quand vous reviendrez au logis.
Apprenez tout au moins si votre femme est chaste.
Je trouve qu'un certain Éraste
Va chez vous fort assidument.
Seroit-ce en qualité d'amant,
Reprit Damon, qu'Éraste nous visite ?
Il est trop mon ami pour toucher ce point-là.
Votre ami tant qu'il vous plaira,
Dit Nérie, honteuse et dépite :
Caliste a des appas, Éraste a du mérite ;
Du côté de l'adresse il ne leur manque rien ;
Tout cela s'accommode bien.
Ce discours porta coup et fit songer notre homme.
Une épouse fringante, et jeune, et dans son feu,
Et prenant plaisir à ce jeu
Qu'il n'est pas besoin que je nomme ;
Un personnage expert aux choses de l'amour,
Hardi comme un homme de cour,
Bien fait, et promettant beaucoup de sa personne :

Où Damon jusqu'alors avoit-il mis ses yeux ?
Car d'amis... moquez-vous ; c'est une bagatelle.
    En est-il de religieux
Jusqu'à désemparer alors de la donzelle
Montre à demi son sein, sort du lit un bras blanc,
Se tourne, s'inquiete, et regarde un galant,
    En cent façons, de qui la moins friponne
Veut dire : Il y fait bon, l'heure du berger sonne ;
    Êtes-vous sourd ? Damon a dans l'esprit
Que tout cela s'est fait, du moins qu'il s'est pu faire.
Sur ce beau fondement, le pauvre homme bâtit
    Maint ombrage et mainte chimere.
    Nérie en a bientôt le vent,
    Et pour tourner en certitude
    Le soupçon et l'inquiétude
Dont Damon s'est coeffé si malheureusement,
    L'enchanteresse lui propose
        Une chose :
    C'est de se frotter le poignet
D'une eau dont les sorciers ont trouvé le secret,
Et qu'ils appellent l'eau de la métamorphose,
    Ou des miracles, autrement.
    Cette drogue, en moins d'un moment,
Lui donneroit d'Eraste et l'air et le visage,
    Et le maintien, et le corsage,
Et la voix ; et Damon sous ce feint personnage
Pourroit voir si Caliste en viendroit à l'effet.
    Damon n'attend pas davantage :

Il se frotte ; il devient l'Éraste le mieux fait
  Que la nature ait jamais fait.


En cet état il va trouver sa femme :
Met la fleurette au vent ; et cachant son ennui :
  Que vous êtes belle aujourd'hui !
  Lui dit-il. Qu'avez-vous, madame,
Qui vous donne cet air d'un vrai jour de printemps ?
Caliste, qui savoit les propos des amants,
  Tourna la chose en raillerie.
  Damon changea de batterie :
  Pleurs et soupirs furent tentés,
  Et pleurs et soupirs rebutés.
Caliste étoit un roc ; rien n'émouvoit la belle.
Pour dernière machine, à la fin notre époux
Proposa de l'argent ; et la somme fut telle
  Qu'on ne s'en mit point en courroux.
  La quantité rend excusable.
  Caliste enfin l'inexpugnable
  Commença d'écouter raison ;
Sa chasteté plia : car comment tenir bon
  Contre ce dernier adversaire ?
Si tout ne s'ensuivit, il ne tint qu'à Damon :
  L'argent en auroit fait l'affaire.
  Et quel affaire ne fait point
Ce bienheureux métal, l'argent maitre du monde ?
Soyez beau, bien disant, ayez perruque blonde,
  N'omettez un seul petit point ;

Un financier viendra qui sous votre moustache
Enlevera la belle ; et dès le premier jour
    Il fera présent du panache ;
Vous languirez encore après un an d'amour.
L'argent sut donc fléchir ce cœur inexorable.
Le rocher disparut ; un mouton succéda ;
    Un mouton qui s'accommoda
A tout ce qu'on voulut, mouton doux et traitable,
Mouton qui, sur le point de ne rien refuser,
    Donna pour arrhes un baiser.
L'époux ne voulut pas pousser plus loin la chose,
Ni de sa propre honte être lui-même cause.
Il reprit donc sa forme, et dit à sa moitié :
Ah ! Caliste, autrefois de Damon si chérie,
Caliste, que j'aimai cent fois plus que ma vie,
Caliste, qui m'aimas d'une ardente amitié,
L'argent t'est-il plus cher qu'une union si belle ?
Je devrois dans ton sang éteindre ce forfait.
Je ne puis et je t'aime encor tout infidele :
Ma mort seule expiera le tort que tu m'as fait.
Notre épouse voyant cette métamorphose,
Demeura bien surprise : elle dit peu de chose ;
    Les pleurs furent son seul recours.
    Le mari passa quelques jours
    A raisonner sur cette affaire.
    Un cocu se pouvoit-il faire
Par la volonté seule, et sans venir au point ?
    L'étoit-il ? ne l'étoit-il point ?

Cette difficulté fut encore éclaircie
　　Par Nérie.
Si vous êtes, dit-elle, en doute de cela,
　　Buvez dans cette coupe-là :
On la fit par tel art, que, dès qu'un personnage
　　Dûment atteint de cocuage
Y peut porter la levre, aussitôt tout s'en va ;
Il n'en avale rien, et répand le breuvage
Sur son sein, sur sa barbe, et sur son vêtement.
Que s'il n'est point censé cocu suffisamment,
　　Il boit tout sans répandre goute.
　　Damon, pour éclaircir son doute,
Porte la levre au vase : il ne se répand rien.
C'est, dit-il, réconfort ; et pourtant je sais bien
Qu'il n'a tenu qu'à moi. Qu'ai-je affaire de coupe ?
　　Faites-moi place en votre troupe,
Messieurs de la grand'bande. Ainsi disoit Damon,
Faisant à sa femelle un étrange sermon.
Misérables humains ! si pour des cocuages
Il faut en ce pays faire tant de façon.
　　Allons-nous-en chez les sauvages.
Damon, de peur de pis, établit des Argus
A l'entour de sa femme, et la rend coquette.
　　Quand les galants sont défendus,
　　C'est alors que l'on les souhaite.
Le malheureux époux s'informe, s'inquiete,
Et de tout son pouvoir court au devant d'un mal·
Que la peur bien souvent rend aux hommes fatal.

De quart-d'heure en quart-d'heure il consulte la tasse
    Il y boit huit jours sans disgrace.
    Mais à la fin il y boit tant,
    Que le breuvage se répand.
Ce fut bien là le comble. O science fatale !
Science que Damon eût bien fait d'éviter !
Il jette, de fureur, cette coupe infernale ;
Lui-même est sur le point de se précipiter.
Il enferme sa femme en une tour quarrée ;
Lui va soir et matin reprocher son forfait.
Cette honte, qu'auroit le silence enterrée,
Court le pays, et vit du vacarme qu'il fait.
Caliste cependant mene une triste vie.
Comme on ne lui laissoit argent, ni pierrerie,
Le geolier fut fidele ; elle eut beau le tenter.
    Enfin la pauvre malheureuse
Prend son temps que Damon, plein d'ardeur amoureuse,
    Étoit d'humeur à l'écouter.
J'ai, dit-elle, commis un crime inexcusable :
Mais quoi ! suis-je la seule ? hélas ! non. Peu d'époux
Sont exempts, ce dit-on, d'un accident semblable.
Que le moins entaché se moque un peu de vous.
    Pourquoi donc être inconsolable ?
Hé bien, reprit Damon, je me consolerai,
    Et même vous pardonnerai,
    Tout incontinent que j'aurai
Trouvé de mes pareils une telle légende,
Qu'il s'en puisse former une armée assez grande

Pour s'appeler royale. Il ne faut qu'employer
Le vase qui me sut vos secrets révéler.
Le mari sans tarder, exécutant la chose,
Attire les passants, tient table en son château.
Sur la fin des repas, à chacun il propose
L'essai de cette coupe, essai rare et nouveau.
Ma femme, leur dit-il, m'a quitté pour un autre :
    Voulez-vous savoir si la vôtre
  Vous est fidele ? il est quelquefois bon
D'apprendre comme tout se passe à la maison.
En voici le moyen : buvez dans cette tasse.
    Si votre femme, de sa grace
    Ne vous donne aucun suffragant,
    Vous ne répandrez nullement ;
    Mais si du dieu nommé Vulcan
Vous suivez la banniere, étant de nos confreres
    En ces redoutables mysteres,
    De part et d'autre la boisson
    Coulera sur votre menton.
Autant qu'il s'en rencontre à qui Damon propose
    Cette pernicieuse chose,
Autant en font l'essai : presque tous y sont pris.
Tel en rit, tel en pleure ; et, selon les esprits,
    Cocuage en plus d'une sorte
    Tient sa morgue parmi ces gens.
    Déjà l'armée est assez forte
    Pour faire corps et battre aux champs.
    La voilà tantôt qui menace

Gouverneurs de petite place,
Et leur dit qu'ils seront pendus,
Si de tenir ils ont l'audace :
Car, pour être royale, il ne lui manque plus
Que peu de gens ; c'est une affaire
Que deux ou trois mois peuvent faire.
Le nombre croît de jour en jour
Sans que l'on batte le tambour.
Les différents degrés où monte le cocuage
Reglent le pas et les emplois :
Ceux qu'il n'a visités seulement qu'une fois
Sont fantassins pour tout potage ;
On fait les autres cavaliers.
Quiconque est de ses familiers,
On ne manque pas de l'élire
Ou capitaine, ou lieutenant,
Ou l'on lui donne un régiment,
Selon qu'entre les mains du sire
Ou plus ou moins subitement
La liqueur du vase s'épand.
Un versa tout en un moment ;
Il fut fait général : et croyez que l'armée
De hauts officiers ne manqua :
Plus d'un intendant se trouva ;
Cette charge fut partagée.
Le nombre des soldats étant presque complet,
Et plus que suffisant pour se mettre en campagne,
Renaud, neveu de Charlemagne,

Passe par ce château : l'on l'y traite à souhait ;
    Puis le seigneur du lieu lui fait
    Même harangue qu'à la troupe.
Renaud dit à Damon : Grand merci de la coupe :
Je crois ma femme chaste, et cette foi suffit.
    Quand la coupe me l'aura dit,
Que m'en reviendra-t-il ? cela sera-t-il cause
De me faire dormir de plus que de deux yeux ?
    Je dors d'autant, graces aux dieux :
    Puis-je demander autre chose ?
Que sais-je par hasard si le vin s'épandoit,
Si je ne tenois pas votre vase assez droit ;
    Je suis quelquefois mal adroit :
Si cette coupe enfin me prenoit pour un autre ?
    Messire Damon, je suis vôtre :
    Commandez-moi tout, hors ce point.
Ainsi Renaud partit et ne hasarda point.
Damon dit : Celui-ci, messieurs, est bien plus sage
Que nous n'avons été : consolez-vous pourtant ;
Nous avons des pareils, c'est un grand avantage.
    Il s'en rencontra tant et tant,
Que, l'armée à la fin royale devenue,
Caliste eut liberté, selon le convenant,
    Par son mari chere tenue,
    Tout de même qu'auparavant.


    Époux, Renaud vous montre à vivre ;
    Pour Damon, gardez de le suivre.

Peut-être le premier eût eu charge de l'ost :
Que sait-on ? Nul mortel, soit Roland, soit Renaud,
Du danger de répandre exempt ne se peut croire ;
Charlemagne lui-même auroit eu tort de boire.

# LE FAUCON

NOUVELLE TIRÉE DE BOCCACE

Je me souviens d'avoir damné jadis
L'amant avare, et je ne m'en dédis.
Si la raison des contraires est bonne,
Le libéral doit être en paradis :
Je m'en rapporte à messieurs de Sorbonne.
Il était donc autrefois un amant
Qui dans Florence aima certaine femme.
Comment aimer ? c'étoit si follement
Que, pour lui plaire, il eût vendu son ame.
S'agissoit-il de divertir la dame ;
A pleines mains il vous jetoit l'argent :

Sachant très-bien qu'en amour, comme en guerre,
On ne doit plaindre un métal qui fait tout,
Renverse murs, jette portes par terre,
N'entreprend rien dont il ne vienne à bout ;
Fait taire chiens, et, quand il veut, servantes ;
Et, quand il veut, les rend plus éloquentes
Que Cicéron, et mieux persuadantes ;
Bref ne voudroit avoir laissé debout
Aucune place, et tant forte fût-elle.
Si laissa-t-il sur ses pieds notre belle.
Elle tint bon ; Fédéric échoua
Près de ce roc, et le nez s'y cassa ;
Sans fruit aucun vendit et fricassa
Tout son avoir ; comme l'on pourroit dire
Belles comtés, beaux marquisats de Dieu,
Qu'il possédoit en plus et plus d'un lieu.
Avant qu'aimer, on l'appeloit messire
A longue queue ; enfin, grace à l'amour,
Il ne fut plus que messire tout court.
Rien ne resta qu'une ferme au pauvre homme,
Et peu d'amis, même amis Dieu sait comme.
Le plus zélé de tous se contenta,
Comme chacun, de dire : C'est dommage.
Chacun le dit, et chacun s'en tint là :
Car de prêter, à moins que sur bon gage,
Point de nouvelle : on oublia les dons,
Et le mérite, et les belles raisons
De Fédéric, et sa premiere vie.

Le protestant de madame Clitie
N'eut du crédit qu'autant qu'il eut du fonds.
Tant qu'il dura, le bal, la comédie
Ne manqua point à cet heureux objet ;
De maints tournois elle fut le sujet,
Faisant gagner marchands de toutes guises,
Faiseurs d'habits, et faiseurs de devises,
Musiciens, gens du sacré vallon :
Fédéric eut à sa table Apollon.
Femme n'étoit ni fille dans Florence,
Qui n'employât, pour débaucher le cœur
Du cavalier, l'une un mot suborneur,
L'autre un coup-d'œil, l'autre quelqu'autre avance ;
Mais tout cela ne faisoit que blanchir.
Il aimoit mieux Clitie inexorable
Qu'il n'auroit fait Hélène favorable.
Conclusion, qu'il ne la put fléchir.

Or, en ce train de dépense effroyable,
Il envoya les marquisats au diable
Premièrement ; puis en vint aux comtés,
Titres par lui plus qu'aucuns regrettés,
Et dont alors on faisoit plus de compte.
Delà les monts chacun veut être comte,
Ici, marquis, baron peut-être ailleurs.
Je ne sais pas lesquels sont les meilleurs ;
Mais je sais bien qu'avecque la patente
De ces beaux noms on s'en aille au marché,

L'on reviendra comme on étoit allé :
Prenez le titre, et laissez-moi la rente.
Clitie avoit aussi beaucoup de bien ;
Son mari même étoit grand terrien.
Ainsi jamais la belle ne prit rien,
Argent ni dons, mais souffrit la dépense
Et les cadeaux, sans croire pour cela
Être obligée à nulle récompense.
S'il m'en souvient, j'ai dit qu'il ne resta
Au pauvre amant rien qu'une métairie,
Chétive encore, et pauvrement bâtie.
Là Fédéric alla se confiner,
Honteux qu'on vit sa misere à Florence ;
Honteux encor de n'avoir su gagner,
Ni par amour, ni par magnificence,
Ni par six ans de devoir et de soins,
Une beauté qu'il n'en aimoit pas moins.
Il s'en prenoit à son peu de mérite,
Non à Clitie ; elle n'ouït jamais,
Ni pour froideurs, ni pour autres sujets,
Plainte de lui ni grande ni petite.
Notre amoureux subsista comme il put
Dans sa retraite, où le pauvre homme n'eut
Pour le servir qu'une vieille édentée ;
Cuisine froide et fort peu fréquentée,
A l'écurie un cheval assez bon,
Mais non pas fin ; sur la perche, un faucon,
Dont à l'entour de cette métairie

Défunt marquis s'en alloit, sans valets,
Sacrifiant à sa mélancolie
Mainte perdrix, qui, las ! ne pouvoit mais
Des cruautés de madame Clitie.
Ainsi vivoit le malheureux amant ;
Sage s'il eût, en perdant sa fortune,
Perdu l'amour qui l'alloit consumant.
Mais de ses feux la mémoire importune
Le talonnoit ; toujours un double ennui
Alloit en croupe à la chasse avec lui.
Mort vint saisir le mari de Clitie.
Comme ils n'avoient qu'un fils pour tous enfants,
Fils n'ayant pas pour un pouce de vie,
Et que l'époux, dont les biens étoient grands.
Avoit toujours considéré sa femme,
Par testament il déclare la dame
Son héritiere, arrivant le décès
De l'enfançon, qui peu de temps après
Devint malade. On sait que d'ordinaire
A ses enfants mere ne sait que faire
Pour leur montrer l'amour qu'elle a pour eux ;
Zele souvent aux enfants dangereux.
Celle-ci, tendre et fort passionnée,
Autour du sien est toute la journée :
Lui demandant ce qu'il veut, ce qu'il a ;
S'il mangeroit volontiers de cela ;
Si ce jouet, enfin si cette chose
Est à son gré. Quoi que l'on lui propose,

Il le refuse ; et pour toute raison,
Il dit qu'il veut seulement le faucon
De Fédéric ; pleure, et mene une vie
A faire gens de bon cœur détester.
Ce qu'un enfant a dans la fantaisie,
Incontinent il faut l'exécuter,
Si l'on ne veut l'ouïr toujours crier.
Or il est bon de savoir que Clitie
A cinq cents pas de cette métairie
Avoit du bien, possédoit un château :
Ainsi l'enfant avoit pu de l'oiseau
Ouïr parler. On en disoit merveilles ;
On en contoit des choses nompareilles ;
Que devant lui jamais une perdrix
Ne se sauvoit, et qu'il en avoit pris
Tant ce matin, tant cette après-dînée.
Son maître n'eût donné pour un trésor
Un tel faucon. Qui fut bien empêchée ?
Ce fut Clitie. Aller ôter encore
A Fédéric l'unique et seule chose
Qui lui restoit ! Et supposé qu'elle ose
Lui demander ce qu'il a pour tout bien,
Auprès de lui méritoit-elle rien ?
Elle l'avoit payé d'ingratitude ;
Point de faveurs ; toujours hautaine et rude
En son endroit. De quel front s'en aller
Après cela le voir et lui parler,
Ayant été cause de sa ruine ?

D'autre côté, l'enfant s'en va mourir,
Refuse tout, tient tout pour médecine ;
Afin qu'il mange il faut l'entretenir
De ce faucon ; il se tourmente, il crie :
S'il n'a l'oiseau, c'en est fait de sa vie.
Ces raisons-ci l'emportèrent enfin.
Chez Fédéric la dame un beau matin
S'en va sans suite et sans nul équipage.
Fédéric prend pour un ange des cieux
Celle qui vient d'apparoitre à ses yeux ;
Mais cependant il a honte, il enrage
De n'avoir pas chez soi pour lui donner
Tant seulement un malheureux dîner.
Le pauvre état où la dame le treuve
Le rend confus. Il dit donc à la veuve :
Quoi ! venir voir le plus humble de ceux
Que vos beautés ont rendu amoureux,
Un villageois, un here, un miserable !
C'est trop d'honneur ; votre bonté m'accable.
Assurément vous alliez autre part.
A ce propos notre veuve repart :
Non, non, seigneur ; c'est pour vous la visite ;
Je viens manger avec vous ce matin.
Je n'ai, dit-il, cuisinier ni marmite :
Que vous donner ? N'avez-vous pas du pain ?
Reprit la dame. Incontinent lui-même
Il va chercher quelque œuf au poulailler,
Quelque morceau de lard en son grenier.

Le pauvre amant, en ce besoin extrême,
Voit son faucon, sans raisonner le prend,
Lui tord le cou, le plume, le fricasse,
Et l'assaisonne, et court de place en place.
Tandis la vieille a soin du demeurant,
Fouille au bahut, choisit pour cette fête
Ce qu'ils avoient de linge plus honnête ;
Met le couvert ; va cueillir au jardin
Du serpolet, un peu de romarin,
Cinq ou six fleurs, dont la table est jonchée.
Pour abréger, on sert la fricassée,
La dame en mange, et feint d'y prendre goût.
Le repas fait, cette femme résout
De hasarder l'incivile requête,
Et parle ainsi : Je suis folle, seigneur,
De m'en venir vous arracher le cœur ;
Encore un coup, il ne m'est guere honnête
De demander à mon défunt amant
L'oiseau qui fait son seul contentement :
Doit-il pour moi s'en priver un moment ?
Mais excusez une mere affligée
Mon fils se meurt ; il veut votre faucon.
Mon procédé ne mérite un tel don ;
La raison veut que je sois refusée :
Je ne vous ai jamais accordé rien.
Votre repos, votre honneur, votre bien,
S'en sont allés aux plaisirs de Clitie.
Vous m'aimiez plus que votre propre vie :

A cet amour j'ai très mal répondu ;
Et je m'en viens, pour comble d'injustice,
Vous demander... et quoi ? c'est temps perdu,
Votre faucon. Mais non : plutôt périsse
L'enfant, la mere, avec le demeurant,
Que de vous faire un déplaisir si grand !
Souffrez sans plus que cette triste mere,
Aimant d'amour la chose la plus chere
Que jamais femme au monde puisse avoir,
Un fils unique, une unique espérance,
S'en vienne au moins s'acquitter du devoir
De la nature, et pour toute allégeance
En votre sein décharge sa douleur.
Vous savez bien par votre expérience
Que c'est d'aimer ; vous le savez, seigneur :
Ainsi je crois trouver chez vous excuse.
Hélas ! reprit l'amant infortuné,
L'oiseau n'est plus ! vous en avez dîné.
L'oiseau n'est plus, dit la veuve confuse.
Non, reprit-il : plût au ciel vous avoir
Servi mon cœur, et qu'il eût pris la place
De ce faucon ! mais le sort me fait voir
Qu'il ne sera jamais en mon pouvoir
De mériter de vous aucune grace,
En mon pailler rien ne m'étoit resté :
Depuis deux jours la bête a tout mangé.
J'ai vu l'oiseau ; je l'ai tué sans peine :
Rien coûte-t-il quand on reçoit sa reine ?

Ce que je puis pour vous est de chercher
Un bon faucon ; ce n'est chose si rare .
Que dès demain nous n'en puissions trouver.
Non, Fédéric, dit-elle ; je déclare
Que c'est assez. Vous ne m'avez jamais
De votre amour donné plus grande marque.
Que mon fils soit enlevé par la Parque,
Ou que le ciel le rende à mes souhaits,
J'aurai pour vous de la reconnoissance.
Venez me voir, donnez-m'en l'espérance :
Encore un coup, venez nous visiter.
Elle partit, non sans lui présenter
Une main blanche, unique témoignage
Qu'amour avoit amolli ce courage.
Le pauvre amant prit la main, la baisa,
Et de ses pleurs quelque temps l'arrosa.
Deux jours après l'enfant suivit le pere.
Le deuil fut grand ; la trop dolente mere
Fit dans l'abord force larmes couler.
Mais, comme il n'est peine d'ame si forte
Qu'il ne s'en faille à la fin consoler,
Deux médecins la traiterent de sorte
Que sa douleur eut un terme assez court :
L'un fut le temps, et l'autre fut l'amour.
On épousa Fédéric en grand'pompe.
Non-seulement par obligation,
Mais, qui plus est, par inclination,
Par amour même. Il ne faut qu'on se trompe

A cet exemple, et qu'un pareil espoir
Nous fasse ainsi consumer notre avoir :
Femmes ne sont toutes reconnoissantes.
A cela près, ce sont choses charmantes;
Sous le ciel n'est un plus bel animal.
Je n'y comprends le sexe en général :
Loin de cela; j'en vois peu d'avenantes.
Pour celles-ci, quand elles sont aimantes,
J'ai les desseins du monde les meilleurs :
Les autres n'ont qu'à se pourvoir ailleurs.

# LE PETIT CHIEN

QUI SECOUE DE L'ARGENT ET DES PIERRERIES.

La clef du coffre-fort et des cœurs, c'est la même.
    Que si ce n'est celle des cœurs,
    C'est du moins celle des faveurs :
    Amour doit à ce stratagème
    La plus grand'part de ses exploits.
    A-t-il épuisé son carquois,
Il met tout son salut en ce charme suprême.
Je tiens qu'il a raison ; car qui hait les présents ?
    Tous les humains en sont friands,
Princes, rois, magistrats. Ainsi, quand une belle
    En croira l'usage permis,

Quand Vénus ne fera que ce que fait Thémis,
　　Je ne m'écrierai pas contre elle.
　　On a bien plus d'une querelle
　　A lui faire sans celle-là.


Un juge mantouan belle femme épousa.
Il s'appeloit Anselme; on la nommoit Argie :
Lui, déjà vieux barbon; elle, jeune et jolie,
　　Et de tous charmes assortie.
　　　L'époux, non content de cela,
　　　Fit si bien par sa jalousie,
Qu'il rehaussa de prix celle-là, qui d'ailleurs
　　Méritoit de se voir servie
　　Par les plus beaux et les meilleurs.
Elle le fut aussi : d'en dire la maniere,
　　Et comment s'y prit chaque amant,
Il seroit long; suffit que cet objet charmant
Les laissa soupirer, et ne s'en émut guere.


Amour établissoit chez le juge ses loix,
Quand l'état mantouan, pour chose de grand poids,
Résolut d'envoyer ambassade au Saint-Pere.
Comme Anselme étoit juge, et de plus magistrat,
　　Vivoit avec assez d'éclat,
　　Et ne manquoit pas de prudence,
　　On le députe en diligence.
　　Ce ne fut pas sans résister
Qu'au choix qu'on fit de lui consentit le bon-homme;

L'affaire étoit longue à traiter;
Il devoit demeurer dans Rome
Six mois, et plus encor; que savoit-il combien ?
Tant d'honneur pouvoit nuire au conjugal lien.
Longue ambassade et long voyage
Aboutissent à cocuage.
Dans cette crainte, notre époux
Fit cette harangue à la belle :
On nous sépare, Argie ; adieu, soyez fidèle
A celui qui n'aime que vous.
Jurez-le-moi ; car entre nous
J'ai sujet d'être un peu jaloux.
Que fait autour de notre porte
Cette soupirante cohorte ?
Vous me direz que jusqu'ici
La cohorte a mal réussi.
Je le crois ; cependant, pour plus grande assurance,
Je vous conseille en mon absence
De prendre pour séjour notre maison des champs.
Fuyez la ville et les amants,
Et leurs présents;
L'invention en est damnable;
Des machines d'amour c'est la plus redoutable :
De tout temps le monde a vu don
Être le père d'abandon.
Déclarez-lui la guerre; et soyez sourde, Argie,
A sa sœur la cajolerie.
Dès que vous sentirez approcher les blondins,

Fermez vite vos yeux, vos oreilles, vos mains.
Rien ne vous manquera ; je vous fais la maîtresse
De tout ce que le ciel m'a donné de richesse :
Tenez, voilà les clefs de l'argent, des papiers :
    Faites-vous payer des fermiers ;
    Je ne vous demande aucun compte :
    Suffit que je puisse sans honte
Apprendre vos plaisirs ; je vous les permets tous,
    Hors ceux d'amour, qu'à votre époux
Vous garderez entiers pour son retour de Rome.
    C'en étoit trop pour le bon-homme :
Hélas ! il permettoit tous plaisirs, hors un point
    Sans lequel seul il n'en est point.
Son épouse lui fit promesse solennelle
    D'être sourde, aveugle et cruelle,
    Et de ne prendre aucun présent ;
Il la retrouveroit, au retour, toute telle
    Qu'il la laissoit en s'en allant,
    Sans nul vestige de galant.


Anselme étant parti, tout aussitôt Argie
    S'en alla demeurer aux champs ;
    Et tout aussitôt les amants
    De l'aller voir firent partie.
Elle les renvoya ; ces gens l'embarrassoient,
    L'attiédissoient, l'affadissoient,
    L'endormoient en contant leur flamme ;
    Ils déplaisoient tous à la dame,

Hormis certain jeune blondin
Bien fait et beau par excellence,
Mais qui ne put par sa souffrance
Amener à son but cet objet inhumain.
Son nom, c'étoit Atis; son métier, paladin.
 Il ne plaignit en son dessein
 Ni les soupirs ni la dépense.
 Tout moyen par lui fut tenté :
Encor si des soupirs il se fût contenté,
 La source en est inépuisable ;
 Mais de la dépense, c'est trop.
Le bien de notre amant s'en va le grand galop;
 Voilà mon homme misérable.
Que fait-il ? il s'éclipse; il part ; il va chercher
 Quelque désert pour se cacher.
 En chemin il rencontre un homme,
Un manant, qui, fouillant avecque son bâton,
Vouloit faire sortir un serpent d'un buisson.
 Atis s'enquit de la raison.
C'est, reprit le manant, afin que je l'assomme.
 Quand j'en rencontre sur mes pas,
 Je leur fais de pareilles fêtes.
Ami, reprit Atis, laisse-le ; n'est-il pas
Créature de Dieu comme les autres bêtes ?
Il est à remarquer que notre paladin
N'avoit pas cette horreur commune au genre humain
Contre la gent reptile et toute son espece.
 Dans ses armes il en portoit ;

Et de Cadmus il descendoit,
Celui-là qui devint serpent sur sa vieillesse.
Force fut au manant de quitter son dessein.
Le serpent se sauva. Notre amant à la fin
S'établit dans un bois écarté, solitaire :
Le silence y faisoit sa demeure ordinaire,
　　Hors quelque oiseau qu'on entendoit,
　　Et quelque écho qui répondoit.
　　Là, le bonheur et la misere
Ne se distinguoient point, égaux en dignité
Chez les loups qu'hébergeoit ce lieu peu fréquenté.
Atis n'y rencontra nulle tranquillité ;
Son amour l'y suivit ; et cette solitude,
Bien loin d'être un remede à son inquiétude,
　　En devint même l'aliment,
Par le loisir qu'il eut d'y plaindre son tourment.
Il s'ennuya bientôt de ne plus voir sa belle.
Retournons, se dit-il, puisque c'est notre sort :
　　Atis, il t'est plus doux encor
　　De la voir ingrate et cruelle,
　　Que d'être privé de ses traits :
　　Adieu, ruisseaux, ombrages frais,
　　Chants amoureux de Philomele ;
Mon inhumaine seule attire à soi mes sens :
Éloigné de ses yeux, je ne vois ni n'entends.
L'esclave fugitif se va remettre encore
En ses fers, quoique durs, mais hélas ! trop chéris.
Il approchoit des murs qu'une fête a bâtis,

Quand sur les bords du Mince, à l'heure que l'aurore
Commence à s'éloigner du séjour de Thétis,
    Une nymphe en habit de reine,
Belle, majestueuse, et d'un regard charmant,
Vint s'offrir tout d'un coup aux yeux du pauvre amant,
    Qui rêvoit alors à sa peine.
Je veux, dit-elle, Atis, que vous soyez heureux :
Je le veux, je le puis, étant Manto la fée,
    Votre amie et votre obligée.
    Vous connoissez ce nom fameux ;
Mantoue en tient le sien. Jadis en cette terre,
    J'ai posé la premiere pierre
De ces murs, en durée égaux aux bâtiments
Dont Memphis voit le Nil laver les fondements.
La Parque est inconnue à toutes mes pareilles :
    Nous opérons mille merveilles :
Malheureuses pourtant de ne pouvoir mourir ;
Car nous sommes d'ailleurs capables de souffrir
Toute l'infirmité de la nature humaine.
Nous devenons serpents un jour de la semaine.
    Vous souvient-il qu'en ce lieu-ci
    Vous en tirâtes un de peine ?
C'étoit moi qu'un manant s'en alloit assommer ;
    Vous me donnâtes assistance.
    Atis, je veux, pour récompense,
    Vous procurer la jouissance
    De celle qui vous fait aimer.
Allons-nous-en la voir : je vous donne assurance

Qu'avant qu'il soit deux jours de temps
Vous gagnerez par vos présents
Argie et tous ses surveillants.
Dépensez, dissipez, donnez à tout le monde :
A pleines mains répandez l'or,
Vous n'en manquerez point ; c'est pour vous le trésor
Que Lucifer me garde en sa grotte profonde.
Votre belle saura quel est notre pouvoir.
Même, pour m'approcher de cette inexorable,
Et vous la rendre favorable,
En petit chien vous m'allez voir
Faisant mille tours sur l'herbette ;
Et vous, en pèlerin jouant de la musette,
Me pourrez à ce son mener chez la beauté
Qui tient votre cœur enchanté.
Aussitôt fait que dit ; notre amant et la fée
Changent de forme en un instant :
Le voilà pèlerin chantant comme un Orphée,
Et Manto, petit chien, faisant tours et sautant.
Ils vont au château de la belle.
Valets et gens du lieu s'assemblent autour d'eux :
Le petit chien fait rage ; aussi fait l'amoureux ;
Chacun danse, et Guillot fait sauter Peronnelle.
Madame entend ce bruit, et sa nourrice y court.
On lui dit qu'elle vienne admirer à son tour
Le roi des épagneux, charmante créature,
Et vrai miracle de nature.
Il entend tout, il parle, il danse, il fait cent tours :

Madame en fera ses amours ;
Car, veuille ou non son maître, il faut qu'il le lui vende
S'il n'aime mieux le lui donner.
La nourrice en fait la demande.
Le pélerin, sans tant tourner,
Lui dit tout bas le prix qu'il veut mettre à la chose ;
Et voici ce qu'il lui propose :
Mon chien n'est point à vendre, à donner encor moins ;
Il fournit à tous mes besoins :
Je n'ai qu'à dire trois paroles,
Sa patte entre mes mains fait tomber à l'instant,
Au lieu de puces, des pistoles,
Des perles, des rubis, avec maint diamant :
C'est un prodige enfin. Madame cependant
En a, comme on dit, la monnoie.
Pourvu que j'aye cette joie
De coucher avec elle une nuit seulement,
Favori sera sien dès le même moment.
La proposition surprit fort la nourrice.
Quoi ! madame l'ambassadrice !
Un simple pélerin ! madame à son chevet
Pourroit voir un bourdon ! Et si l'on le savoit,
Si cette même nuit quelque hôpital avoit
Hébergé le chien et son maître !
Mais ce maître est bien fait, et beau comme le jour ;
Cela fait passer en amour
Quelque bourdon que ce puisse être.
Atis avoit changé de visage et de traits :

On ne le connut pas ; c'étoient d'autres attraits.
La nourrice ajoutoit : A gens de cette mine
    Comment peut-on refuser rien ?
    Puis celui-ci possede un chien
    Que le royaume de la Chine
    Ne paieroit pas de tout son or.
Une nuit de madame aussi, c'est un trésor.
    J'avois oublié de vous dire
Que le drôle à son chien feignit de parler bas :
    Il tombe aussitôt deux ducats
    Qu'à la nourrice offre le sire.
    Il tombe encore un diamant.
    Atis en riant le ramasse :
C'est, dit-il, pour madame ; obligez-moi de grace
De le lui présenter avec mon compliment.
    Vous direz à son Excellence
Que je lui suis acquis. La nourrice, à ces mots,
    Court annoncer en diligence
    Le petit chien et sa science,
    Le pélerin et son propos.
    Il ne s'en fallut rien qu'Argie
Ne battît sa nourrice. Avoir l'effronterie
De lui mettre en l'esprit une telle infamie !
Avec qui ? Si c'étoit encor le pauvre Atis !
Hélas ! mes cruautés sont cause de sa perte.
Il ne me proposa jamais de tels partis.
Je n'aurois pas d'un roi cette chose soufferte,
    Quelque don que l'on pût m'offrir ;

Et d'un porte-bourdon je la pourrois souffrir,
　　Moi qui suis une ambassadrice !
　　Madame, reprit la nourrice,
　　Quand vous seriez impératrice,
　　Je vous dis que ce pélerin
A de quoi marchander non pas une mortelle,
　　Mais la déesse la plus belle,
　　Atis, votre beau paladin,
Ne vaut pas seulement un doigt du personnage.
　　Mais mon mari m'a fait jurer...
Et quoi ?... de lui garder la foi du mariage ?
Bon ! jurer ? ce serment vous lie-t-il davantage
Que le premier n'a fait ? qui l'ira déclarer ?
Qui le saura ? j'en vois marcher tête levée,
Qui n'iroient pas ainsi, j'ose vous l'assurer,
Si sur le bout du nez tache pouvoir montrer
　　Que telle chose est arrivée.
　　Cela nous fait-il empirer
D'un ongle ou d'un cheveu ? non, madame, il faut être
　　Bien habile pour reconnoître
Bouche ayant employé son temps et ses appas
D'avec bouche qui s'est tenue à ne rien faire.
　　Donnez-vous, ne vous donnez pas,
　　Ce sera toujours même affaire.
Pour qui ménagez-vous les trésors de l'amour ?
Pour celui qui, je crois, ne s'en servira guere,
Vous n'aurez pas grand'peine à fêter son retour.
　　La fausse vieille sut tant dire,

Que tout se réduisit seulement à douter
Des merveilles du chien et des charmes du sire.
    Pour cela l'on les fit monter.
    La belle étoit au lit encore.
    L'univers n'eut jamais d'aurore
    Plus paresseuse à se lever.
Notre feint pélerin traversa la ruelle,
Comme un homme ayant vu d'autres gens que des saints.
Son compliment parut galant et des plus fins :
    Il surprit et charma la belle.
    Vous n'avez pas, ce lui dit-elle,
    La mine de vous en aller
    A Saint-Jacques de Compostelle.
    Cependant, pour la régaler,
    Le chien à son tour entre en lice.
    On eût vu sauter Favori
    Pour la dame et pour la nourrice,
    Mais point du tout pour le mari.
    Ce n'est pas tout ; il se secoue :
    Aussitôt perles de tomber,
    Nourrice de les ramasser,
    Soubrettes de les enfiler,
    Pélerin de les attacher
    A de certains bras, dont il loue
La blancheur et le reste. Enfin il fait si bien,
    Qu'avant de partir de la place,
    On traite avec lui de son chien.
On lui donne un baiser pour arrhes de la grace

Qu'il demandoit : et la nuit vint.
Aussitôt que le drôle tint
Entre ses bras madame Argie,
Il redevint Atis. La dame en fut ravie :
C'étoit avec bien plus d'honneur
Traiter monsieur l'ambassadeur.
Cette nuit eut des sœurs, et même en très bon nombre.
Chacun s'en aperçut; car d'enfermer sous l'ombre
Une telle aise, le moyen ?
Jeunes gens font-ils jamais rien
Que le plus aveugle ne voie ?
A quelques mois de là, le Saint-Père renvoie
Anselme avec force pardons,
Et beaucoup d'autres menus dons.
Les biens et les honneurs pleuvoient sur sa personne.
De son vice-gérant il apprend tous les soins :
Bons certificats des voisins.
Pour les valets, nul ne lui donne
D'éclaircissement sur cela.
Monsieur le juge interrogea
La nourrice avec les soubrettes,
Sages personnes et discrètes;
Il n'en put tirer ce secret.
Mais, comme parmi les femelles
Volontiers le diable se met,
Il survint de telles querelles,
La dame et la nourrice eurent de tels débats
Que celle-ci ne manqua pas

A se venger de l'autre et déclarer l'affaire.
Dût-elle aussi se perdre, il fallut tout conter.
   D'exprimer jusqu'où la colere
Ou plutôt la fureur de l'époux put monter,
   Je ne tiens pas qu'il soit possible.
Ainsi je m'en tairai : on peut par les effets
Juger combien Anselme étoit homme sensible.
   Il choisit un de ses valets,
Le charge d'un billet, et mande que madame
Vienne voir son mari malade en la cité.
La belle n'avoit point son village quitté.
L'époux alloit, venoit, et laissoit là sa femme.
Il te faut en chemin écarter tous ses gens,
Dit Anselme au porteur de ces ordres pressants ;
La perfide a couvert mon front d'ignominie.
Pour satisfaction, je veux avoir sa vie.
   Poignarde-la ; mais prend ton temps :
Tâche de te sauver : voilà pour ta retraite ;
Prends cet or : si tu fais ce qu'Anselme souhaite,
   Et punis cette offense-là,
Quelque part que tu sois, rien ne te manquera.
   Le valet va trouver Argie,
   Qui par son chien est avertie,
Si vous me demandez comme un chien avertit,
   Je crois que par la jupe il tire ;
   Il se plaint, il jappe, il soupire,
Il en veut à chacun : pour peu qu'on ait d'esprit,
   On entend bien ce qu'il veut dire.

Favori fit bien plus ; et tout bas il apprit
    Un tel péril à sa maîtresse.
Partez pourtant, dit-il, on ne vous fera rien :
Reposez-vous sur moi ; j'en empêcherai bien,
    Ce valet à l'âme traîtresse.
Ils étoient en chemin, près d'un bois qui servoit
    Souvent aux voleurs de refuge :
Le ministre cruel des vengeances du juge
Envoie un peu devant le train qui les suivoit ;
    Puis il dit l'ordre qu'il avoit.
La dame disparoît aux yeux du personnage :
    Manto la cache en un nuage.
Le valet étonné retourne vers l'époux,
Lui conte le miracle ; et son maître en courroux
Va lui-même à l'endroit. O prodige ! ô merveille !
Il y trouve un palais de beauté sans pareille :
Une heure auparavant, c'étoit un champ tout nu.
    Anselme, à son tour éperdu,
Admire ce palais bâti, non pour des hommes,
    Mais apparemment pour des dieux :
Appartements dorés, meubles très-précieux,
    Jardins et bois délicieux :
On auroit peine à voir, en ce siècle où nous sommes,
Chose si magnifique et si riante aux yeux.
    Toutes les portes sont ouvertes ;
    Les chambres sans hôte et désertes :
Pas une ame en ce Louvre ; excepté qu'à la fin
Un More très-lippu, très-hideux, très-vilain,

S'offre aux regards du juge, et semble la copie
    D'un Ésope d'Éthiopie.
    Notre magistrat l'ayant pris
    Pour le balayeur du logis,
Et croyant l'honorer lui donnant cet office :
Cher ami, lui dit-il, apprends-nous à quel dieu
    Appartient un tel édifice ;
    Car de dire un roi, c'est trop peu.
    Il est à moi, reprit le Mort.
Notre juge à ces mots se prosterne, l'adore,
Lui demande pardon de sa témérité.
Seigneur, ajouta-t-il, que votre déité
    Excuse un peu mon ignorance.
Certes, tout l'univers ne vaut pas la chevance
Que je rencontre ici. Le More lui répond :
    Veux-tu que je t'en fasse un don ?
De ces lieux enchantés je te rendrai le maitre,
    A certaine condition.
    Je ne ris point ; tu pourras être
    De ces lieux absolu seigneur,
Si tu me veux servir deux jours d'enfant d'honneur.
    ... Entends-tu ce langage ?
    Et sais-tu quel est cet usage ?
    Il te le faut expliquer mieux.
Tu connois l'échanson du monarque des dieux ?

ANSELME

Ganymede ?

LE MORE

Celui-là même.
Prends que je sois Jupin, le monarque suprême,
Et que tu sois le jouvenceau :
Tu n'es pas tout-à-fait si jeune ni si beau.

ANSELME

Ah ! seigneur, vous raillez, c'est chose par trop sûre ?
Regardez la vieillesse et la magistrature.

LE MORE

Moi railler ! point du tout.

ANSELME

Seigneur...

LE MORE

Ne veux-tu point ?

ANSELME

Seigneur... Anselme, ayant examiné ce point,
Consent à la fin au mystere.
Maudit amour des dons, que ne fais-tu pas faire !
En page incontinent son habit est changé :
Toque au lieu de chapeau, haut-de-chausses troussé :
La barbe seulement demeure au personnage.
L'enfant d'honneur Anselme, avec cet équipage,
Suit le More par-tout. Argie avoit ouï
Le dialogue entier, en certain coin cachée.

Pour le More lippu, c'étoit Manto la fée,
    Par son art métamorphosée,
    Et par son art ayant bâti
Ce Louvre en un moment, par son art fait un page
Sexagénaire et grave. A la fin, au passage
D'une chambre en une autre, Argie à son mari
Se montre tout d'un coup : Est-ce Anselme, dit-elle,
    Que je vois ainsi déguisé ?
Anselme il ne se peut ; mon œil s'est abusé.
Le vertueux Anselme à la sage cervelle
Me voudroit-il donner une telle leçon !
C'est lui pourtant. Oh ! oh ! monsieur notre barbon,
Notre législateur, notre homme d'ambassade,
Vous êtes à cet âge homme de mascarade ?
Homme de... la pudeur me défend d'achever.
Quoi ! vous jugez les gens à mort pour mon affaire,
    Vous, qu'Argie a pensé trouver
    En un fort plaisant adultère !
Du moins n'ai-je pas pris un More pour galant ;
Tout me rend excusable : Atis et son mérite,
    Et la qualité du présent.
    Vous verrez tout incontinent
Si femme qu'un tel don à l'amour sollicite
    Peut résister un seul moment.
More, devenez chien. Tout aussitôt le More
    Redevint petit chien encore.
Favori, que l'on danse. A ces mots, Favori
    Danse, et tend la patte au mari.

Qu'on fasse tomber des pistoles.
Pistoles tombent à foison.
Hé bien ! qu'en dites-vous ? sont-ce choses frivoles ?
C'est de ce chien qu'on m'a fait don.
Il a bâti cette maison.
Puis faites-moi trouver au monde une excellence,
Une altesse, une majesté,
Qui refuse sa jouissance
A dons de cette qualité,
Surtout quand le donneur est bien fait, et qu'il aime,
Et qu'il mérite d'être aimé !
En échange du chien l'on me vouloit moi-même :
Ce que vous possédez de trop, je l'ai donné,
Bien entendu, monsieur ; suis-je chose si chere ?
Vraiment vous me croiriez bien pauvre ménagere
Si je laissois aller tel chien à ce prix-là.
Savez-vous qu'il a fait le Louvre que voilà ?
Le Louvre pour lequel... Mais oublions cela,
Et n'ordonnez plus qu'on me tue,
Moi qu'Atis seulement en ses lacs a fait choir :
Je le donne à Lucrèce, et voudrois bien la voir
Des mêmes armes combattue.
Touchez là, mon mari ; la paix : car aussi bien
Je vous défie, ayant ce chien :
Le fer ni le poison pour moi ne sont à craindre ;
Il m'avertit de tout ; il confond les jaloux ;
Ne le soyez donc point : plus on veut nous contraindre,
Moins on doit s'assurer de nous.

Anselme accorda tout : qu'eût fait le pauvre sire ?
    On lui promit de ne pas dire
Qu'il avoit été page. Un tel cas étant tu,
    Cocuage, s'il eût voulu,
    Auroit eu ses franches coudées.
Argie en rendit grace, et compensations
    D'une et d'autre part accordées,
On quitta la campagne à ces conditions.
Que devint le palais ? dira quelque critique.
Le palais ? que m'importe ? il devint ce qu'il put.
A moi ces questions ! suis-je homme qui se pique
D'être si régulier ? Le palais disparut.
Et le chien ? le chien fit ce que l'amant voulut.
Mais que voulut l'amant ? Censeur, tu m'importunes :
Il voulut par ce chien tenter d'autres fortunes.
D'une seule conquête est-on jamais content ?
    Favori se perdoit souvent :
    Mais chez sa première maitresse
Il revenoit toujours. Pour elle sa tendresse
Devint bonne amitié. Sur ce pied, notre amant
    L'alloit voir fort assidument :
    Et même en l'accommodement
Argie à son époux fit un serment sincere
    De n'avoir plus aucune affaire.
    L'époux jura de son côté
    Qu'il n'auroit plus aucun ombrage,
    Et qu'il vouloit être fouetté
    Si jamais on le voyoit page.

# LE PATÉ D'ANGUILLE

Même beauté, tant soit exquise,
Rassasie et soule à la fin.
Il me faut d'un et d'autre pain :
Diversité, c'est ma devise.
Cette maîtresse un tantet bise
Rit à mes yeux : pourquoi cela ?
C'est qu'elle est neuve ; et celle-là
Qui depuis long-temps m'est acquise,
Blanche qu'elle est, en nulle guise,
Ne me cause d'émotion.
Son cœur dit oui, le mien dit non ;
D'où vient ? en voici la raison :

Diversité, c'est ma devise.
Je l'ai jà dit d'autre façon ;
Car il est bon que l'on déguise,
Suivant la loi de ce dicton,
Diversité c'est ma devise.
Ce fut celle aussi d'un mari
De qui la femme étoit fort belle.
Il se trouva bientôt guéri
De l'amour qu'il avoit pour elle.
L'hymen et la possession
Éteignirent sa passion.
Un sien valet avoit pour femme
Un petit bec assez mignon :
Le maître, étant bon compagnon,
Eut bientôt empaumé la dame.
Cela ne plut pas au valet,
Qui, les ayant pris sur le fait,
Vendiqua son bien de couchette,
A sa moitié chanta goguette,
L'appela tout net et tout franc...
Bien sot de faire un bruit si grand
Pour une chose si commune ;
Dieu nous gard' de plus grand'fortune !
Il fit à son maître un sermon.
Monsieur, dit-il, chacun la sienne,
Ce n'est pas trop ; Dieu et raison
Vous commandent cette antienne.
Direz-vous, je suis sans chrétienne ?

Vous en avez à la maison
Une qui vaut cent fois la mienne.
Ne prenez donc plus tant de peine :
C'est pour ma femme trop d'honneur ;
Il ne lui faut si gros monsieur,
Tenons-noûs chacun à la nôtre ;
N'allez point à l'eau chez un autre,
Ayant plein puits de ces douceurs :
Je m'en rapporte aux connoisseurs.
Si Dieu m'avoit fait tant de grace
Qu'ainsi que vous je disposasse
De madame, je m'y tiendrois,
Et d'une reine ne voudrois.
Mais, puisqu'on ne sauroit défaire
Ce qui s'est fait, je voudrois bien
(Ceci soit dit sans vous déplaire)
Que, content de votre ordinaire,
Vous ne goutassiez plus du mien.
Le patron ne voulut lui dire
Ni oui ni non sur ce discours,
Et commanda que tous les jours
On mit au repas, près du sire,
Un pâté d'anguille. Ce mets
Lui chatouilloit fort le palais
Avec un appétit extrême
Une ou deux fois il en mangea ;
Mais, quand ce vint à la troisième,
La seule odeur le dégoûta.

Il voulut sur une autre viande
Mettre la main ; on l'empêcha :
Monsieur, dit-on, nous le commande :
Tenez-vous-en à ce mets-là :
Vous l'aimez ; qu'avez-vous à dire ?
M'en voilà soul, reprit le sire.
Hé quoi ! toujours pâtés au bec !
Pas une auguille de rôtie !
Pâtés tous les jours de ma vie !
J'aimerois mieux du pain tout sec.
Laissez-moi prendre un peu du vôtre :
Pain de par Dieu, ou de par l'autre :
Au diable ces pâtés maudits !
Ils me suivront en paradis,
Et par-delà, Dieu me pardonne !
Le maître accourt soudain au bruit ;
Et prenant sa part du déduit :
Mon ami, dit-il, je m'étonne
Que d'un mets si plein de bonté
Vous soyez sitôt dégoûté.
Ne vous ai-je pas ouï dire
Que c'étoit votre grand ragoût ?
Il faut qu'en peu de temps, beau sire,
Vous ayez bien changé de goût.
Qu'ai-je fait qui fût plus étrange ?
Vous me blâmez lorsque je change
Un mets que vous croyez friand,
Et vous en faites tout autant !

Mon doux ami, je vous apprends
Que ce n'est pas une sottise
En fait de certains appétits,
De changer son pain blanc en bis :
Diversité, c'est ma devise.
Quand le maître eut ainsi parlé,
Le valet fut tout consolé.
Non que ce dernier n'eût à dire
Quelque chose encor là-dessus :
Car, après tout, doit-il suffire
D'alléguer son plaisir sans plus ?
J'aime le change. A la bonne heure !
On vous l'accorde ; mais gagnez,
S'il se peut, les intéressés,
Cette voie est bien la meilleure :
Suivez-la donc. A dire vrai,
Je crois que l'amateur du change
De ce conseil tenta l'essai.
On dit qu'il parloit comme un ange,
De mots dorés usant toujours.
Mots dorés font tout en amours ;
C'est une maxime constante.
Chacun sait quelle est mon entente :
J'ai rebattu cent et cent fois
Ceci, dans cent et cent endroits ;
Mais la chose est si nécessaire,
Que je ne puis jamais m'en taire,
Et redirai jusques au bout : .

Mots dorés en amours font tout.
Ils persuadent la donzelle,
Son petit chien, sa demoiselle,
Son époux quelquefois aussi.
C'est le seul qu'il falloit ici
Persuader ; il n'avoit l'ame
Sourde à cette éloquence ; et, dame !
Les orateurs du temps jadis
N'en ont de telle en leurs écrits.
Notre jaloux devint commode :
Même on dit qu'il suivit la mode
De son maître, et toujours depuis
Changea d'objets en ses déduits.
Il n'étoit bruit que d'aventures
Du chrétien et de créatures.
Les plus nouvelles, sans manquer,
Etoient pour lui les plus gentilles :
Par où le drôle en put croquer,
Il en croqua ; femmes et filles,
Nymphes, grisettes, ce qu'il put.
Toutes étoient de bonne prise ;
Et sur ce point, tant qu'il vécut,
Diversité fut sa devise.

# LE MAGNIFIQUE

Un peu d'esprit, beaucoup de bonne mine,
Et plus encor de libéralité,
C'est en amour une triple machine,
Par qui maint fort est bientôt emporté,
Rocher fût-il : rochers aussi se prennent.
Qu'on soit bien fait, qu'on ait quelque talent
Que les cordons de la bourse ne tiennent,
Je vous le dis, la place est au galant.
On la prend bien quelquefois sans ces choses.
Bon fait avoir néanmoins quelques doses
D'entendement et n'être pas un sot.
Quant à l'avare, on le hait ; le magot

A grand besoin de bonne rhétorique :
La meilleure est celle du libéral.
Un Florentin, nommé le Magnifique,
La possédoit en propre original.
Le Magnifique étoit un nom de guerre
Qu'on lui donna ; bien l'avoit mérité :
Son train de vivre, et son honnêteté,
Ses dons surtout, l'avoient par toute terre
Déclaré tel ; propre, bien fait, bien mis,
L'esprit galant, et l'air des plus polis,
Il se piqua pour certaine femelle
De haut état. La conquête étoit belle :
Elle excitoit doublement le désir ;
Rien n'y manquoit, la gloire et le plaisir.
Aldobrandin étoit de cette dame
Mari jaloux ; non comme d'une femme,
Mais comme qui depuis peu jouiroit
D'une Philis. Cette homme la veilloit
De tous ses yeux ; s'il en eût eu dix mille,
Il les eût tous à ce soin occupés :
Amour le rend, quand il veut, inutile ;
Ces Argus-là sont fort souvent trompés.
Aldobrandin ne croyoit pas possible
Qu'il le fut onc ; il défioit les gens.
Au demeurant il étoit fort sensible
A l'intérêt, aimoit fort les présents.
Son concurrent n'avoit encor su dire
Le moindre mot à l'objet de ses vœux :

On ignoroit, ce lui sembloit, ses feux,
Et le surplus de l'amoureux martyre.
(Car c'est toujours une même chanson.)
Si l'on l'eût su, qu'eût-on fait ? Que fait-on ?
Jà n'est besoin qu'au lecteur je le die.
Pour revenir à notre pauvre amant
Il n'avoit su dire un mot seulement
Au médecin touchant sa maladie.
Or le voilà qui tourmente sa vie,
Qui va, qui vient, qui court, qui perd ses pas :
Point de fenêtre, et point de jalousie
Ne lui permet d'entrevoir les appas
Ni d'entr'ouïr la voix de sa maîtresse.
Il ne fut onc semblable forteresse.
Si faudra-t-il qu'elle y vienne pourtant.
Voici comment s'y prit notre assiégeant.
Je pense avoir déjà dit, ce me semble,
Qu'Aldobrandin homme à présents étoit ;
Non qu'il en fît, mais il en recevoit.
Le Magnifique avoit un cheval d'amble,
Beau, bien taillé, dont il faisoit grand cas :
Il l'appelloit, à cause de son pas,
La haquenée. Aldobrandin le loue :
Ce fut assez ; notre amant proposa
De le troquer. L'époux s'en excusa :
Non pas, dit-il, que je ne vous avoue
Qu'il me plait fort ; mais à de tels marchés
Je perds toujours. Alors le Magnifique,

Qui voit le but de cette politique,
Reprit : Eh bien ! faisons mieux ; ne troquez.
Mais, pour le prix du cheval, permettez
Que, vous présent, j'entretienne madame :
C'est un désir curieux qui m'a pris.
Encor faut-il que vos meilleurs amis
Sachent un peu ce qu'elle a dedans l'ame.
Je vous demande un quart-d'heure sans plus.
Aldobrandin l'arrêtant là-dessus :
J'en suis d'avis ! je livrerai ma femme !
Ma foi, mon cher, gardez votre cheval...
Quoi ! vous présent ?... Moi présent... Et quel mal
Encore un coup peut-il, en la présence
D'un mari fin comme vous, arriver ?
Aldobrandin commence d'y rêver ;
Et raisonnant en soi : Quelle apparence
Qu'il en mévienne, en effet, moi présent ?
C'est marché sûr ; il est fol à son dam.
Que prétend-il ? Pour plus grande assurance,
Sans qu'il le sache, il faut faire défense
A ma moitié de répondre au galant.
Sus, dit l'époux, j'y consens. La distance
De vous à nous, poursuivit notre amant,
Sera réglée, afin qu'aucunement
Vous n'entendiez. Il y consent encore ;
Puis va querir sa femme en ce moment.
Quand l'autre voit celle-là qu'il adore,
Il se croit être en un enchantement.

Les saluts faits, en un coin de la salle
Ils se vont seoir. Notre galant n'étale
Un long narré, mais vient d'abord au fait.
Je n'ai le lieu ni le temps à souhait,
Commença-t-il, puis, je tiens inutile
De tant tourner : il n'est que d'aller droit.
Partant, madame, en un mot comme en mille,
Votre beauté jusqu'au vif m'a touché.
Penseriez-vous que ce fût un péché
Que d'y répondre ? Ah ! je vous crois, madame,
De trop bon sens. Si j'avois le loisir,
Je ferois voir par les formes ma flamme,
Et vous dirois de cet ardent desir
Tout le menu ; mais que je brûle, meure,
Et m'en tourmente, et me dise aux abois,
Tout ce chemin que l'on fait en six mois,
Il me convient le faire en un quart-d'heure ;
Et plus encor, car ce n'est pas là tout.
Froid est l'amant qui ne va jusqu'au bout,
Et par sottise en si beau train demeure.
Vous vous taisez ! pas un mot ! qu'est-ce là ?
Renvoirez-vous de la sorte un pauvre homme ?
Le ciel vous fit, il est vrai, ce qu'on nomme
Divinité ; mais faut-il pour cela
Ne point répondre alors que l'on vous prie ?
Je vois, je vois ; c'est une tricherie
De votre époux : il m'a joué ce trait,
Et ne prétend qu'aucune répartie

Soit du marché : mais j'y sais un secret ;
Rien n'y fera, pour le sûr, sa défense.
Je saurai bien me répondre pour vous :
Puis ce coin d'œil, par son langage doux,
Rompt à mon sens quelque peu le silence.
J'y lis ceci : Ne croyez pas, monsieur,
Que la nature ait composé mon cœur
De marbre dur. Vos fréquentes passades,
Joûtes, tournois, devises, sérénades,
M'ont avant tout déclaré votre amour.
Bien loin qu'il m'ait en nul point offensée,
Je vous dirai que dès le premier jour
J'y répondis, et me sentis blessée
Du même trait. Mais que nous sert ceci ?
Ce qu'il nous sert ? je m'en vais vous le dire :
Étant d'accord, il faut cette nuit-ci
Goûter le fruit de ce commun martyre,
De votre époux nous venger et nous rire,
Bref le payer du soin qu'il prend ici :
De ces fruits-là le dernier n'est le pire.
Votre jardin viendra comme de cire :
Descendez-y ; ne doutez du succès.
Votre mari ne se tiendra jamais
Qu'à sa maison des champs, je vous l'assure,
Tantôt il n'aille éprouver sa monture.
Vos douagnas en leur premier sommeil,
Vous descendrez, sans nul autre appareil
Que de jeter une robe fourrée

Sur votre dos, et viendrez au jardin,
De mon côté l'échelle est préparée ;
Je monterai par la cour du voisin ;
Je l'ai gagné ; la rue est trop publique.
Ne craignez rien... Ah ! mon cher Magnifique,
Que je vous aime ! et que je vous sais gré
De ce dessein ! Venez, je descendrai...
C'est vous qui parle ; et plût au ciel, madame,
Qu'on vous osât embrasser les genoux !...
Mon Magnifique, à tantôt ; votre flamme
Ne craindra point les regards d'un jaloux.
L'amant la quitte, et feint d'être courroux ;
Puis, tout grondant : Vous me la donnez bonne,
Aldobrandin ; je n'entendois cela.
Autant vaudroit n'être avecque personne
Que d'être avec madame que voilà.
Si vous trouvez chevaux à ce prix-là,
Vous les devez prendre sur ma parole.
Le mien hennit du moins ; mais cette idole
Est proprement un fort joli poisson.
Or sus, j'en tiens ; ce m'est une leçon.
Quiconque veut le reste du quart-d'heure
N'a qu'à parler, j'en ferai juste prix.
Aldobrandin rit si fort qu'il en pleure.
Ces jeunes gens, dit-il, en leurs esprits
Mettent toujours quelque haute entreprise.
Notre féal, vous lâchez trop tôt prise ;
Avec le temps on en viendroit à bout.

J'y tiendrai l'œil ; car ce n'est pas là tout ;
Nous y savons encor quelque rubrique :
Et cependant, monsieur le Magnifique,
La haquenée est nettement à nous :
Plus ne fera de dépense chez vous.
Dès aujourd'hui, qu'il ne vous en déplaise,
Vous me verrez dessus fort à mon aise
Dans le chemin de ma maison des champs.
Il n'y manqua, sur le soir ; et nos gens
Au rendez-vous tout aussi peu manquerent.
Dire comment les choses s'y passerent
C'est un détail trop long : lecteur prudent,
Je m'en remets à ton bon jugement.
La dame étoit jeune, fringante et belle,
L'amant bien fait, et tous deux fort épris.
Trois rendez-vous coup sur coup furent pris :
Moins n'en valoit si gentille femelle.
Aucun péril, nul mauvais accident,
Bons dormitifs en or comme en argent
Aux douagnas, et bonne sentinelle.
Un pavillon vers le bout du jardin
Vint à propos : messire Aldobrandin
Ne l'avoit fait bâtir pour cet usage.
Conclusion : qu'il prit en cocuage
Tous ses degrés : un seul ne lui manqua,
Tant sut jouer son jeu la haquenée !
Content ne fut d'une seule journée
Pour l'éprouver ; aux champs il demeura

Trois jours entiers, sans doute ni scrupule.
J'en connois bien qui ne sont si chanceux ;
Car ils ont femme, et n'ont cheval ni mule,
Sachant de plus tout ce qu'on fait chez eux.

# LA MATRONE D'ÉPHESE

S'IL est un conte usé, commun et rebattu,
C'est celui qu'en ces vers j'accommode à ma guise.
    Et pourquoi donc le choisis-tu ?
    Qui t'engage à cette entreprise ?
N'a-t-elle point déjà produit assez d'écrits ?
    Quelle grâce aura ta matrone
    Au prix de celle de Pétrone ?
Comment la rendras-tu nouvelle à nos esprits ?
Sans répondre aux censeurs, car c'est chose infinie,
Voyons si dans mes vers je l'aurai rajeunie.

    Dans Éphese il fut autrefois

Une dame en sagesse et vertus sans égale,
    Et, selon la commune voix,
Ayant su raffiner sur l'amour conjugale.
Il n'étoit bruit que d'elle et de sa chasteté ;
    On l'alloit voir par rareté ;
C'étoit l'honneur du sexe : heureuse sa patrie !
Chaque mere à sa bru l'alléguoit pour patron ;
Chaque époux la prônoit à sa femme chérie :
D'elle descendent ceux de la Prudoterie,
    Antique et célèbre maison.
    Son mari l'aimoit d'amour folle.
    Il mourut. De dire comment,
    Ce seroit un détail frivole.
    Il mourut : et son testament
N'étoit plein que de legs qui l'auroient consolée
Si les biens réparoient la perte d'un mari
    Amoureux autant que chéri.
Mainte veuve pourtant fait la déchevelée,
Qui n'abandonne pas le soin du demeurant,
Et du bien qu'elle aura fait le compte en pleurant.
Celle-ci, par ses cris, mettoit tout en alarme,
    Celle-ci faisoit un vacarme,
Un bruit, et des regrets à percer tous les cœurs ;
    Bien qu'on sache qu'en ces malheurs,
De quelque désespoir qu'une ame soit atteinte,
La douleur est toujours moins forte que la plainte,
Toujours un peu de faste entre parmi les pleurs.
Chacun fit son devoir de dire à l'affligée

Que tout a sa mesure, et que de tels regrets
    Pourroient pécher par leurs excès :
Chacun rendit par-là sa douleur rengrégée.
Enfin, ne voulant plus jouïr de la clarté,
    Que son époux avoit perdue,
Elle entre dans sa tombe, en ferme volonté
D'accompagner cette ombre aux enfers descendue.
Et voyez ce que peut l'excessive amitié,
(Ce mouvement aussi va jusqu'à la folie)
Une esclave en ce lieu la suivit par pitié,
    Prête à mourir de compagnie ;
Prête, je m'entends bien, c'est-à-dire en un mot
N'ayant examiné qu'à demi ce complot,
Et jusques à l'effet, courageuse et hardie.
L'esclave avec la dame avoit été nourrie ;
Toutes deux s'entr'aimoient, et cette passion
Étoit crue avec l'âge au cœur des deux femelles :
Le monde entier à peine eût fourni deux modeles
    D'une telle inclination.
Comme l'esclave avoit plus de sens que la dame,
Elle laissa passer les premiers mouvements :
Puis tâcha, mais en vain, de remettre cette ame
Dans l'ordinaire train des communs sentiments.
Aux consolations la veuve inaccessible
S'appliquoit seulement à tout moyen possible
De suivre le défunt aux noirs et tristes lieux.
Le fer auroit été le plus court et le mieux ;
Mais la dame vouloit paître encore ses yeux

Du trésor qu'enfermoit la biere,
Froide dépouille, et pourtant chere :
C'étoit là le seul aliment
Qu'elle prît en ce monument.
La faim donc fut celle des portes
Qu'entre d'autres de tant de sortes
Notre veuve choisit pour sortir d'ici-bas.
Un jour se passe, et deux, sans autre nourriture
Que ses profonds soupirs, que ses fréquents hélas,
Qu'un inutile et long murmure
Contre les dieux, le sort et toute la nature.
Enfin sa douleur n'omit rien,
Si la douleur doit s'exprimer si bien.
Encore un autre mort faisoit sa résidence
Non loin de ce tombeau, mais bien différemment
Car il n'avoit pour monument
Que le dessous d'une potence :
Pour exemple aux voleurs on l'avoit là laissé.
Un soldat bien récompensé
Le gardoit avec vigilance.
Il étoit dit par ordonnance
Que si d'autres voleurs, un parent, un ami,
L'enlevoient, le soldat nonchalant, endormi,
Rempliroit aussitôt sa place.
C'étoit trop de sévérité :
Mais la publique utilité
Défendoit que l'on fît au garde aucune grace.
Pendant la nuit il vit aux fentes du tombeau

Briller quelque clarté, spectacle assez nouveau.
Curieux, il y court, entend de loin la dame
    Remplissant l'air de ses clameurs.
Il entre, est étonné, demande à cette femme
    Pourquoi ces cris, pourquoi ces pleurs,
    Pourquoi cette triste musique.
Pourquoi cette maison noire et mélancolique.
Occupée à ses pleurs, à peine elle entendit
    Toutes ces demandes frivoles.
    Le mort pour elle y répondit :
    Cet objet, sans autres paroles,
    Disoit assez par quel malheur
La dame s'enterroit ainsi toute vivante.
Nous avons fait serment, ajouta la suivante,
De nous laisser mourir de faim et de douleur.
Encor que le soldat fût mauvais orateur,
Il leur fit concevoir ce que c'est que la vie.
La dame cette fois eut de l'attention ;
    Et déjà l'autre passion
    Se trouvoit un peu ralentie :
Le temps avoit agi. Si la foi du serment,
Poursuivit le soldat, vous défend l'aliment,
    Voyez-moi manger seulement,
Vous n'en mourrez pas moins. Un tel tempérament
    Ne déplut pas aux deux femelles.
    Conclusion, qu'il obtint d'elles
Une permission d'apporter son soupé :
Ce qu'il fit. Et l'esclave eut le cœur fort tenté

De renoncer dès lors à la cruelle envie
   De tenir au mort compagnie.
Madame, ce dit-elle, un penser m'est venu :
Qu'importe à votre époux que vous cessiez de vivre ?
Croyez-vous que lui-même il fût homme à vous suivre
Si par votre trépas vous l'aviez prévenu ?
Non, madame ; il voudroit achever sa carrière.
La nôtre sera longue encor si nous voulons.
Se faut-il, à vingt ans, enfermer dans la bière ?
Nous aurons tout loisir d'habiter ces maisons.
On ne meurt que trop tôt : qui nous presse ? attendons.
Quant à moi, je voudrois ne mourir que ridée.
Voulez-vous emporter vos appas chez les morts ?
Que vous servira-t-il d'en être regardée ?
   Tantôt, en voyant les trésors
Dont le ciel prit plaisir d'orner votre visage,
   Je disois : Hélas ! c'est dommage !
Nous-mêmes nous allons enterrer tout cela.
A ce discours flatteur la dame s'éveilla.
Le dieu qui fait aimer prit son temps ; il tira
Deux traits de son carquois : de l'un il entama
Le soldat jusqu'au vif ; l'autre effleura la dame.
Jeune et belle, elle avoit sous ses pleurs de l'éclat ;
   Et des gens de goût délicat
Auroient bien pu l'aimer, et même étant leur femme.
Le garde en fut épris : les pleurs et la pitié,
   Sorte d'amour ayant ses charmes,
Tout y fit. Une belle, alors qu'elle est en larmes,

En est plus belle de moitié.
Voilà donc notre veuve écoutant la louange,
Poison qui de l'amour est le premier degré ;
    La voilà qui trouve à son gré
Celui qui le lui donne. Il fait tant qu'elle mange ;
Il fait tant que de plaire, et se rend en effet
Plus digne d'être aimé que le mort le mieux fait ;
    Il fait tant enfin qu'elle change ;
Et toujours par degrés, comme l'on peut penser,
De l'un à l'autre il fait cette femme passer :
    Je ne la trouve pas étrange.
Elle écoute un amant, elle en fait un mari,
Le tout au nez du mort qu'elle avoit tant chéri.
Pendant cet hyménée, un voleur se hasarde
D'enlever le dépôt commis aux soins du garde :
Il en entend le bruit, il y court à grands pas ;
    Mais en vain, la chose étoit faite.
Il revient au tombeau conter son embarras,
    Ne sachant où trouver retraite.
L'esclave alors lui dit, le voyant éperdu :
    L'on vous a pris votre pendu ?
Les loix ne vous feront, dites-vous, nulle grace ?
Si madame y consent, j'y remédierai bien.
    Mettons notre mort en la place,
    Les passants n'y connoîtront rien.
La dame y consentit. O volages femelles !
La femme est toujours femme. Il en est qui sont belles ;
    Il en est qui ne le sont pas :

S'il en étoit d'assez fideles,
   Elles auroient assez d'appas.
Prudes, vous vous devez défier de vos forces :
Ne vous vantez de rien. Si votre intention
   Est de résister aux amorces,
La nôtre est bonne aussi : mais l'exécution
Nous trompe également ; témoin cette matrone.
   Et, n'en déplaise au bon Pétrone,
Ce n'étoit pas un fait tellement merveilleux,
Qu'il en dût proposer l'exemple à nos neveux.
Cette veuve n'eut tort qu'au bruit qu'on lui vit faire,
Qu'au dessein de mourir, mal conçu, mal formé :
   Car de mettre au patibulaire
   Le corps d'un mari tant aimé,
Ce n'étoit pas peut-être une si grande affaire.
Cela lui sauvoit l'autre : et, tout considéré,
Mieux vaut goujat debout, qu'empereur enterré.

# BELPHÉGOR

NOUVELLE TIRÉE DE MACHIAVEL.

## *A Mlle de Chammelay.*

DE votre nom j'orne le frontispice
Des derniers vers que ma muse a polis.
Puisse le tout, ô charmante Philis,
Aller si loin que notre los franchisse
La nuit des temps ! nous la saurons dompter,
Moi par écrire, et vous par réciter.
Nos noms unis perceront l'ombre noire ;
Vous régnerez long-temps dans la mémoire,
Après avoir régné jusques ici

Dans les esprits, dans les cœurs même aussi.
Qui ne connoît l'inimitable actrice
Représentant ou Phedre ou Bérénice,
Chimene en pleurs, ou Camille en fureur ?
Est-il quelqu'un que votre voix n'enchante ?
S'en trouve-t-il une autre aussi touchante,
Une autre enfin allant si droit au cœur ?
N'attendez pas que je fasse l'éloge
De ce qu'en vous on trouve de parfait :
Comme il n'est point de grace qui n'y loge,
Ce seroit trop ; je n'aurois jamais fait.
De mes Philis vous seriez la première,
Vous auriez eu mon âme toute entière,
Si de mes vœux j'eusse plus présumé :
Mais en aimant qui ne veut être aimé ?
Par des transports n'espérant pas vous plaire,
Je me suis dit seulement votre ami,
De ceux qui sont amants plus d'à demi :
Et plût au sort que j'eusse pu mieux faire !
Ceci soit dit : venons à notre affaire.

Un jour Satan, monarque des enfers,
Faisoit passer ses sujets en revue.
Là, confondus, tous les états divers,
Princes et rois, et la tourbe menue,
Jetoient maint pleur, poussoient maint et maint cri,
Tant que Satan en étoit étourdi.
Il demandoit en passant à chaque ame :

Qui t'a jetée en l'éternelle flamme ?
L'une disoit : Hélas ! c'est mon mari :
L'autre aussitôt répondoit : C'est ma femme.
Tant et tant fut ce discours répété,
Qu'enfin Satan dit en plein consistoire :
Si ces gens-ci disent la vérité,
Il est aisé d'augmenter notre gloire.
Nous n'avons donc qu'à le vérifier.
Pour cet effet, il nous faut envoyer
Quelque démon plein d'art et de prudence,
Qui, non content d'observer avec soin
Tous les hymens dont il sera témoin,
Y joigne aussi sa propre expérience.
Le prince ayant proposé sa sentence,
Le noir sénat suivit tout d'une voix.
De Belphégor aussitôt on fit choix.
Ce diable étoit tout yeux et tout oreilles,
Grand éplucheur, clair-voyant à merveilles,
Capable enfin de pénétrer dans tout,
Et de pousser l'examen jusqu'au bout.
Pour subvenir aux frais de l'entreprise,
On lui donna mainte et mainte remise,
Toutes à vue, et qu'en lieux différents
Il pût toucher par des correspondants.
Quant au surplus, les fortunes humaines,
Les biens, les maux, les plaisirs et les peines,
Bref, ce qui suit notre condition,
Fut une annexe à sa légation.

Il se pouvoit tirer d'affliction
Par ses bons tours et par son industrie ;
Mais non mourir, ni revoir sa patrie,
Qu'il n'eût ici consumé certain temps :
Sa mission devoit durer dix ans.
Le voilà donc qui traverse et qui passe
Ce que le ciel voulut mettre d'espace
Entre ce monde et l'éternelle nuit :
Il n'en mit guere ; un moment y conduit.
Notre démon s'établit à Florence,
Ville pour lors de luxe et de dépense :
Même il la crut propre pour le trafic.
Là, sous le nom du seigneur Roderic,
Il se logea, meubla comme un riche homme :
Grosse maison, grand train, nombre de gens ;
Anticipant tous les jours sur la somme
Qu'il ne devoit consumer qu'en dix ans.
On s'étonnoit d'une telle bombance :
Il tenoit table, avoit de tous côtés
Gens à ses frais, soit pour ses voluptés,
Soit pour le faste et la magnificence.
L'un des plaisirs où plus il dépensa
Fut la louange : Apollon l'encensa ;
Car il est maître en l'art de flatterie.
Diable n'eut onc tant d'honneurs en sa vie.
Son cœur devint le but de tous les traits
Qu'Amour lançoit : il n'étoit point de belle
Qui n'employât ce qu'elle avoit d'attraits

Pour le gagner, tant sauvage fût-elle.
Car de trouver une seule rebelle,
Ce n'est la mode à gens de qui la main
Par les présents s'applanit tout chemin.
C'est un ressort en tous desseins utile.
Je l'ai ja dit, et le redis encor,
Je ne connois d'autre premier mobile
Dans l'univers, que l'argent et que l'or.
Notre envoyé cependant tenoit compte
De chaque hymen, en journaux différents :
L'un, des époux satisfaits et contents,
Si peu rempli, que le diable en eut honte :
L'autre journal incontinent fut plein.
A Belphégor il ne restoit enfin
Que d'éprouver la chose par lui-même.
Certaine fille à Florence étoit lors,
Belle et bien faite, et peu d'autres trésors :
Noble d'ailleurs, mais d'un orgueil extrême ;
Et d'autant plus, que de quelque vertu
Un tel orgueil paroissoit revêtu.
Pour Roderic on en fit la demande.
Le père dit que madame Honesta,
C'étoit son nom, avoit eu jusques-là
Force partis ; mais que parmi la bande
Il pourroit bien Roderic préférer,
Et demandoit temps pour délibérer.
On en convient. Le poursuivant s'applique
A gagner celle où ses vœux s'adressoient.

Fêtes et bals, sérénades, musique,
Cadeaux, festins, bien fort appétissoient,
Altéroient fort le fonds de l'ambassade.
Il n'y plaint rien, en use en grand seigneur,
S'épuise en dons. L'autre se persuade
Qu'elle lui fait encor beaucoup d'honneur.
Conclusion, qu'après force prieres
Et des façons de toutes les manieres,
Il eut un oui de madame Honesta.
Auparavant le notaire y passa ;
Dont Belphégor se moquant en son âme :
Hé quoi, dit-il, on acquiert une femme
Comme un château ! ces gens ont tout gâté.
Il eut raison : ôtez d'entre les hommes
La simple foi, le meilleur est ôté.
Nous nous jetons, pauvres gens que nous sommes,
Dans les procès, en prenant le revers ;
Les si, les car, les contrats, sont la porte
Par où la noise entra dans l'univers :
N'espérons pas que jamais elle en sorte.
Solemnités et loix n'empêchent pas
Qu'avec l'hymen amour n'ait des débats.
C'est le cœur seul qui peut rendre tranquille
Le cœur fait tout, le reste est inutile.
Qu'ainsi ne soit, voyons d'autres états :
Chez les amis tout s'excuse, tout passe ;
Chez les amants tout plaît, tout est parfait ;
Chez les époux tout ennuie et tout lasse.

Le devoir nuit : chacun est ainsi fait
Mais, dira-t-on, n'est-il en nulles guises
D'heureux ménages ? Après mûr examen,
J'appelle un bon, voire un parfait hymen,
Quand les conjoints se souffrent leurs sottises.
Sur ce point-là c'est assez raisonné.
Dès que chez lui le diable eut amené
Son épousée, il jugea par lui-même
Ce qu'est l'hymen avec un tel démon :
Toujours débats, toujours quelque sermon
Plein de sottise en un degré suprême.
Le bruit fut tel, que madame Honesta
Plus d'une fois les voisins éveilla ;
Plus d'une fois on courut à la noise.
Il lui falloit quelque simple bourgeoise,
Ce disoit-elle : un petit trafiquant
Traiter ainsi les filles de mon rang !
Méritoit-il femme si vertueuse ?
Sur mon devoir je suis trop scrupuleuse ;
J'en ai regret ; et si je faisois bien...
Il n'est pas sûr qu'Honesta ne fit rien :
Ces prudes-là nous en font bien accroire.
Nos deux époux, à ce que dit l'histoire,
Sans disputer n'étoient pas un moment.
Souvent leur guerre avoit pour fondement
Le jeu, la jupe, ou quelque ameublement
D'été, d'hiver, d'entre-temps, bref un monde
D'inventions propres à tout gâter.

Le pauvre diable eut lieu de regretter
De l'autre enfer la demeure profonde.
Pour comble enfin, Roderic épousa
La parenté de madame Honesta,
Ayant sans cesse et le pere et la mere,
Et la grand'sœur avec le petit frere ;
De ses deniers mariant la grand'sœur,
Et du petit payant le précepteur.
Je n'ai pas dit la principale cause
De sa ruine, infaillible accident ;
Et j'oubliois qu'il eut un intendant.
Un intendant ! qu'est-ce que cette chose ?
Je définis cet être, un animal
Qui, comme on dit, sait pêcher en eau trouble ;
Et plus le bien de son maitre va mal,
Plus le sien croit, plus son profit redouble,
Tant qu'aisément lui-même acheteroit
Ce qui de net au seigneur resteroit :
Dont par raison bien et dûment déduite
On pourroit voir chaque chose réduite
En son état, s'il arrivoit un jour
L'autre devînt l'intendant à son tour ;
Car regagnant ce qu'il eut étant maitre,
Ils reprendroient tous deux leur premier être.
Le seul recours du pauvre Roderic,
Son seul espoir, étoit certain trafic
Qu'il prétendoit devoir remplir sa bourse ;
Espoir douteux, incertaine ressource.

Il étoit dit que tout seroit fatal
A notre époux ; ainsi tout alla mal.
Ses agents, tels que la plupart des nôtres,
En abusoient : il perdit un vaisseau,
Et vit aller le commerce à vau-l'eau,
Trompé des uns, mal servi par les autres.
Il emprunta. Quand ce vint à payer,
Et qu'à sa porte il vit le créancier,
Force lui fut d'esquiver par la fuite,
Gagnant les champs, où de l'âpre poursuite
Il se sauva chez un certain fermier,
En certain coin remparé de fumier.

A Mathéo, c'étoit le nom du sire,
Sans tant tourner, il dit ce qu'il étoit :
Qu'un double mal chez lui le tourmentoit,
Ses créanciers, et sa femme encor pire :
Qu'il n'y savoit remede que d'entrer
Au corps des gens et de s'y remparer,
D'y tenir bon ; iroit-on là le prendre ?
Dame Honesta viendroit-elle y prôner
Qu'elle a regret de se bien gouverner ?
Chose ennuyeuse, et qu'il est las d'entendre :
Que de ces corps trois fois il sortiroit,
Sitôt que lui Mathéo l'en prieroit ;
Trois fois sans plus, et ce, pour récompense
De l'avoir mis à couvert des sergents.
Tout aussitôt l'ambassadeur commence

Avec grand bruit d'entrer au corps des gens,
Ce que le sien, ouvrage fantastique,
Devint alors, l'histoire n'en dit rien.
Son coup d'essai fut une fille unique
Où le galant se trouvoit assez bien ;
Mais Mathéo, moyennant grosse somme,
L'en fit sortir au premier mot qu'il dit.
C'étoit à Naple. Il se transporte à Rome ;
Saisit un corps : Mathéo l'en bannit,
Le chasse encore : autre somme nouvelle.
Trois fois enfin, toujours d'un corps femelle,
Remarquez bien, notre diable sortit.
Le roi de Naple avoit lors une fille,
Honneur du sexe, espoir de sa famille ;
Maint jeune prince étoit son poursuivant.
Là, d'Honesta Belphégor se sauvant,
On ne le put tirer de cet asyle.
Il n'étoit bruit, aux champs comme à la ville,
Que d'un manant qui chassoit les esprits.
Cent mille écus d'abord lui sont promis.
Bien affligé de manquer cette somme,
(Car les trois fois l'empêchoient d'espérer
Que Belphégor se laissât conjurer),
Il la refuse : il se dit un pauvre homme,
Pauvre pêcheur, qui, sans savoir comment,
Sans don du ciel, par hasard seulement,
De quelque corps a chassé quelque diable,
Apparemment chétif et misérable,

Et ne connoît celui-ci nullement.
Il a beau dire; on le force, on l'amene,
On le menace; on lui dit que, sous peine
D'être pendu, d'être mis haut et court
En un gibet, il faut que sa puissance
Se manifeste avant la fin du jour.
Dès l'heure même on vous met en présence
Notre démon et son conjurateur :
D'un tel combat le prince est spectateur.
Chacun y court; n'est fils de bonne mère
Qui pour le voir ne quitte toute affaire.
D'un côté sont le gibet et la hart;
Cent mille écus bien comptés, d'autre part.
Mathéo tremble, et lorgne la finance.
L'esprit malin, voyant sa contenance,
Rioit sous cape, alléguoit les trois fois ;
Dont Mathéo suoit dans son harnois,
Pressoit, prioit, conjuroit avec larmes,
Le tout en vain. Plus il est en alarmes,
Plus l'autre rit. Enfin le manant dit
Que sur ce diable il n'avoit nul crédit.
On vous le happe et mene à la potence.
Comme il alloit haranguer l'assistance,
Nécessité lui suggéra ce tour :
Il dit tout bas qu'on battit le tambour.
Ce qui fut fait. De quoi l'esprit immonde
Un peu surpris au manant demanda :
Pourquoi ce bruit ? coquin, qu'entends-je là ?

L'autre répond : C'est madame Honesta
Qui vous réclame, et va par tout le monde
Cherchant l'époux que le ciel lui donna.
Incontinent le diable décampa,
S'enfuit au fond des enfers, et conta
Tout le succès qu'avoit eu son voyage.
Sire, dit-il, le nœud du mariage
Damne aussi dru qu'aucuns autres états.
Votre grandeur voit tomber ici bas,
Non par flocons, mais menu comme pluie,
Ceux que l'hymen fait de sa confrérie ;
J'ai par moi-même examiné le cas.
Non que de soi la chose ne soit bonne ;
Elle eut jadis un plus heureux destin :
Mais comme tout se corrompt à la fin,
Plus beau fleuron n'est en votre couronne.
Satan le crut : il fut récompensé,
Encor qu'il eût son retour avancé.
Car qu'eût-il fait ? Ce n'étoit pas merveilles
Qu'ayant sans cesse un diable à ses oreilles,
Toujours le même, et toujours sur un ton,
Il fût contraint d'enfiler la venelle :
Dans les enfers encore en change-t-on.
L'autre peine est, à mon sens, plus cruelle.
Je voudrois voir quelque saint y durer :
Elle eût à Job fait tourner la cervelle.

De tout ceci que prétends-je inférer ?

Premièrement, je ne sais pire chose
Que de changer son logis en prison.
En second lieu, si par quelque raison
Votre ascendant à l'hymen vous expose,
N'épousez point d'Honesta, s'il se peut :
N'a pas pourtant une Honesta qui veut.

# LA CLOCHETTE

CONTE.

Oh ! combien l'homme est inconstant, divers,
Foible, léger, tenant mal sa parole !
J'avois juré, même en assez beaux vers,
De renoncer à tout conte frivole :
Et quand juré ? c'est ce qui me confond ;
Depuis deux jours j'ai fait cette promesse.
Puis fiez-vous à rimeur qui répond
D'un seul moment. Dieu ne fit la sagesse
Pour les cerveaux qui hantent les neuf Sœurs :
Trop bien ont-ils quelque art qui vous peut plaire,
Quelque jargon plein d'assez de douceurs ;

Mais d'être sûrs, ce n'est là leur affaire.
Si me faut-il trouver, n'en fût-il point,
Tempérament pour accorder ce point,
Et supposé que quant à la matiere
J'eusse failli, du moins pourrois-je pas
Le réparer par la forme ? En tout cas
Voyons ceci. Vous saurez que naguere
Dans la Touraine un jeune bachelier...
(Interprétez ce mot à votre guise :
L'usage en fut autrefois familier
Pour dire ceux qui n'ont la barbe grise :
Ores ce sont suppôts de sainte église.)
Le nôtre soit sans plus un jouvenceau
Qui dans les prés, sur le bord d'un ruisseau,
Vous cajoloit la jeune bachelette
Aux blanches dents, aux pieds nus, au corps gent,
Pendant qu'Io portant une clochette
Aux environs alloit l'herbe mangeant.
Notre galant vous lorgne une fillette,
De celles-là que je viens d'exprimer.
Le malheur fut qu'elle étoit trop jeunette,
Et d'âge encore incapable d'aimer.
Non qu'à treize ans on y soit inhabile ;
Même les loix ont avancé ce temps :
Les loix songeoient aux personnes de ville,
Bien que l'amour semble né pour les champs.
Le bachelier déploya sa science.
Ce fut en vain : le peu d'expérience,

L'humeur farouche, ou bien l'aversion,
Ou tous les trois, firent que la bergere,
Pour qui l'amour étoit langue étrangère,
Répondit mal à tant de passion.
Que fit l'amant ? croyant tout artifice
Libre en amours, sur le coi de la nuit
Le compagnon détourne une genisse
De ce bétail par la fille conduit.
Le demeurant non compté par la belle
(Jeunesse n'a les soins qui sont requis)
Prit aussitôt le chemin du logis.
Sa mère, étant moins oublieuse qu'elle,
Vit qu'il manquoit une piece au troupeau.
Dieu sait la vie ; elle tance Isabeau ;
Vous la renvoie ; et la jeune pucelle
S'en va pleurant, et demande aux échos
Si pas un d'eux ne sait nulle nouvelle
De celle-là dont le drôle à propos
Avoit d'abord étoupé la clochette :
Puis il la prit ; puis, la faisant sonner,
Il se fit suivre, et tant, que la fillette
Au fond d'un bois se laissa détourner.
Jugez, lecteur, quelle fut sa surprise
Quand elle ouit la voix de son amant.
Belle, dit-il, toute chose est permise
Pour se tirer de l'amoureux tourment.
A ce discours la fille toute en transe
Remplit de cris ces lieux peu fréquentés.

Nul n'accourut. O belles, évitez
Le fond des bois et leur vaste silence.

# LE GLOUTON

CONTE TIRÉ D'ATHÉNÉE.

A son souper un glouton
Commande que l'on apprête
Pour lui seul un esturgeon.
Sans en laisser que la tête,
Il soupe ; il creve. On y court ;
On lui donne maints clysteres.
On lui dit, pour faire court,
Qu'il mette ordre à ses affaires.
Mes amis, dit le goulu,
M'y voilà tout résolu ;
Et, puisqu'il faut que je meure,

I.                                          28

Sans faire tant de façon,
Qu'on m'apporte tout-à-l'heure
Le reste de mon poisson.

# LES DEUX AMIS

Axiocus avec Alcibiades,
Jeunes, bien faits, galants et vigoureux,
Par bon accord, comme grands camarades,
En même nid furent pondre tous deux.
Qu'arrive-t-il ? l'un de ces amoureux
Tant bien exploite autour de la donzelle,
Qu'il en naquit une fille si belle.
Qu'ils s'en vantoient tous deux également.
Le temps venu que cet objet charmant
Put pratiquer les leçons de sa mere.
Chacun des deux en voulut être amant :
Plus n'en voulut l'un ni l'autre être pere.

Frere, dit l'un, ah ! vous ne sauriez faire
Que cet enfant ne soit vous tout craché.
Parbleu, dit l'autre, il est à vous, compere :
Je prends sur moi le hasard du péché.

# LE JUGE DE MESLE

Deux avocats qui ne s'accordoient point
Rendoient perplexe un juge de province :
Si ne put onc découvrir le vrai point,
Tant lui sembloit que fût obscur et mince.
Deux pailles prend d'inégale grandeur,
Du doigt les serre : il avoit bonne pince.
La longue échet sans faute au défendeur,
Dont renvoyé s'en va gai comme un prince.
La Cour s'en plaint, et le juge repart :
Ne me blâmez, messieurs, pour cet égard ;
De nouveauté dans mon fait il n'est maille :
Maint d'entre vous souvent juge au hasard,
Sans que pour ce tire à la courte paille.

# ALIX MALADE

Alix malade, et se sentant presser,
Quelqu'un lui dit : Il faut se confesser ;
Voulez-vous pas mettre en repos votre âme ?
Oui, je le veux, lui répondit la dame :
Qu'à pere André l'on aille de ce pas ;
Car il entend d'ordinaire mon cas.
Un messager y court en diligence ;
Sonne au couvent de toute sa puissance.
Qui venez-vous demander ? lui dit-on.
C'est pere André, celui qui d'ordinaire
Entend Alix dans sa confession.
Vous demandez, reprit alors un frere,

Le pere André, le confesseur d'Alix ?
Il est bien loin : hélas ! le pauvre perc
Depuis dix ans confesse en paradis.

# LE BAISER RENDU

Guillot passoit avec sa mariée.
Un gentilhomme à son gré la trouvant,
Qui t'a, dit-il, donné telle épousée ?
Que je la baise, à la charge d'autant.
Bien volontiers, dit Guillot à l'instant :
Elle est, monsieur, fort à votre service.
Le monsieur donc fait alors son office
En appuyant. Perronnelle en rougit.
Huit jours après, ce gentilhomme prit
Femme à son tour : à Guillot il permit
Même faveur. Guillot tout plein de zele :
Puisque monsieur, dit-il, est si fidele,

J'ai grand regret, et je suis bien faché
Qu'ayant baisé seulement Perronnelle,
Il n'ait encore avec elle couché.

# SŒUR JEANNE

Sœur Jeanne, ayant fait un poupon,
Jeûnoit, vivoit en sainte fille,
Toujours étoit en oraison ;
Et toujours ses sœurs à la grille.
Un jour donc l'abbesse leur dit :
Vivez comme sœur Jeanne vit ;
Fuyez le monde et sa sequelle.
Toutes reprirent à l'instant :
Nous serons aussi sages qu'elle
Quand nous en aurons fait autant.

# IMITATION D'ANACRÉON

O toi qui peins d'une façon galante,
Maître passé dans Cythere et Paphos,
Fais un effort ; peins-nous Iris absente.
Tu n'as point vu cette beauté charmante,
Me diras-tu : tant mieux pour ton repos.
Je m'en vais donc t'instruire en peu de mots.
Premièrement, mets des lis et des roses ;
Après cela, des amours et des ris.
Mais à quoi bon le détail de ces choses ?
D'une Vénus tu peux faire une Iris ;
Nul ne sauroit découvrir le mystere :
Traits si pareils jamais ne se sont vus ;

Et tu pourras à Paphos et Cythere
De cette Iris refaire une Vénus.

# AUTRE IMITATION D'ANACRÉON

J'ÉTOIS couché mollement,
Et, contre mon ordinaire,
Je dormois tranquillement,
Quand un enfant s'en vint faire
A ma porte quelque bruit.
Il pleuvoit fort cette nuit :
Le vent, le froid et l'orage,
Contre l'enfant faisoient rage.
Ouvrez, dit-il, je suis nu.
Moi, charitable, et bon homme,
J'ouvre au pauvre morfondu,
Et m'enquiers comme il se nomme.

Je te le dirai tantôt,
Repartit-il ; car il faut
Qu'auparavant je m'essuie.
J'allume aussitôt du feu.
Il regarde si la pluie
N'a point gâté quelque peu
Un arc dont je me méfie.
Je m'approche toutefois,
Et de l'enfant prends les doigts,
Les réchauffe ; et dans moi-même
Je dis : Pourquoi craindre tant ?
Que peut-il ? c'est un enfant:
Ma couardise est extrême
D'avoir eu le moindre effroi :
Que seroit-ce si chez moi
J'avois reçu Polyphême ?
L'enfant, d'un air enjoué,
Ayant un peu secoué
Les pièces de son armure
Et sa blonde chevelure,
Prend un trait, un trait vainqueur,
Qu'il me lance au fond du cœur.
Voilà, dit-il, pour ta peine,
Souviens-toi bien de Climene,
Et de l'Amour, c'est mon nom.
Ah ! je vous connois, lui dis-je,
Ingrat et cruel garçon ;
Faut-il que qui vous oblige,

Soit traité de la façon !
Amour fit une gambade ;
Et le petit scélérat
Me dit : Pauvre camarade,
Mon arc est en bon état,
Mais ton cœur est bien malade.

# DISSERTATION

SUR

# LA JOCONDE

---

## A MONSIEUR B***

MONSIEUR,

VOTRE gageure est sans doute fort plaisante,
et j'ai ri de tout mon cœur de la bonne foi
avec laquelle votre ami soutient une opinion
aussi peu raisonnable que la sienne : mais
cela ne m'a point du tout surpris ; ce n'est pas
d'aujourd'hui que les plus méchants ouvrages
ont trouvé de sincères protecteurs, et que
des opiniâtres ont entrepris de combattre la
raison à force ouverte. Et, pour ne vous point
citer ici d'exemples du commun, il n'est pas
que vous n'ayez ouï parler du goût bizarre
de cet empereur qui préféra les écrits d'un je

ne sais quel poëte aux ouvrages d'Homère,
et qui ne vouloit pas que tous les hommes
ensemble, pendant près de vingt siècles,
eussent eu le sens commun. Le sentiment de
votre ami a quelque chose d'aussi mons-
trueux. Et certainement, quand je songe à la
chaleur avec laquelle il va, le livre à la main,
défendre la Joconde de M. Bouillon, il me
semble voir Marfise dans l'Arioste (puisqu'Arioste y a) qui veut faire confesser à
tous les chevaliers errants que cette vieille
qu'elle a en croupe est un chef-d'œuvre de
beauté. Quoi qu'il en soit, s'il n'y prend
garde, son opiniâtreté lui coûtera un peu
cher ; et quelque mauvais passe-temps qu'il
y ait pour lui à perdre cent pistoles, je le
plains encore plus de la perte qu'il va faire
de sa réputation dans l'esprit des habiles
gens.

Il a raison de dire qu'il n'y a point de com-
paraison entre les deux ouvrages dont vous
êtes en dispute, puisqu'il n'y a point de com-
paraison entre un conte plaisant et une narration froide, entre une invention fleurie et
enjouée et une traduction seche et triste.

Voilà en effet la proportion qui est entre ces deux ouvrages. M. de La Fontaine a pris à la vérité son sujet d'Arioste ; mais en même temps il s'est rendu maître de sa matiere : ce n'est point une copie qu'il ait tirée un trait après l'autre sur l'original ; c'est un original qu'il a formé sur l'idée qu'Arioste lui a fournie. C'est ainsi que Virgile a imité Homère ; Térence, Ménandre ; et le Tasse, Virgile. Au contraire on peut dire de M. B... que c'est un valet timide qui n'oseroit faire un pas sans le congé de son maître, et qui ne le quitte jamais que quand il ne le peut plus suivre : c'est un traducteur maigre et décharné ; les plus belles fleurs qu'Arioste lui fournit deviennent sèches entre ses mains ; et à tous moments, quittant le françois pour s'attacher à l'italien, il n'est ni italien ni françois.

Voilà, à mon avis, ce qu'on doit penser de ces deux pièces. Mais je passe plus avant ; et je soutiens que non seulement la nouvelle de M. de La Fontaine est infiniment meilleure que celle de ce monsieur, mais qu'elle est même plus agréablement contée que celle d'Arioste. C'est beaucoup dire sans doute, et je vois bien que par là je vais m'attirer sur les bras tous les amateurs de ce poëte. C'est pourquoi vous trouverez bon que je n'avance pas cette opinion sans l'appuyer de quelques raisons.

Premièrement donc, je ne vois pas par quelle licence poétique Arioste a pu, dans un poëme héroïque et sérieux, mêler une fable et un conte de vieille, pour ainsi dire, aussi burlesque qu'est l'histoire de Joconde. *Je sais bien*, dit un poëte grand critique, *qu'il y a beaucoup de choses permises aux poëtes et aux peintres ; qu'ils peuvent quelquefois donner carrière à leur imagination, et qu'il ne faut pas toujours les resserrer dans les bornes de la raison étroite et rigoureuse. Bien loin de leur vouloir ravir ce privilège, je le leur accorde pour eux, et je le demande pour moi. Ce n'est pas à dire toutefois qu'il leur soit permis pour cela de confondre toutes choses, de renfermer dans un même corps mille espèces différentes, aussi confuses que les rêveries d'un malade, de mêler ensemble des choses incompatibles, d'accoupler les oiseaux avec les serpents, les tigres avec les*

*agneaux.* Comme vous voyez, monsieur, ce
poëte avoit fait le procès à Arioste plus de
mille ans avant qu'Arioste eût écrit. En effet,
ce corps composé de mille especes différentes, n'est-ce pas proprement l'image du
poëme de Roland le furieux ? Qu'y a-t-il de
plus grave et de plus héroïque que certains
endroits de ce poëme ? qu'y a-t-il de plus bas
et de plus bouffon que d'autres ? Et, sans
chercher si loin, peut-on rien voir de moins
sérieux que l'histoire de Joconde et d'Astolfe ? Les aventures de Buscon et de Laza-
rille ont-elles quelque chose de plus extravagant ? Sans mentir, une telle bassesse est bien
éloignée du goût de l'antiquité ; et qu'auroit-
on dit de Virgile, bon Dieu ! si à la descente
d'Énée dans l'Italie, il lui avoit fait conter
par un hôtelier l'histoire de Peau d'âne ou
les contes de ma Mere l'Oie ? Je dis les contes
de ma Mere l'Oie, car l'histoire de Joconde
n'est guere d'un autre rang. Que si Homère
a été blâmé dans son Odyssée (qui est pourtant un ouvrage tout comique, comme, l'a
remarqué Arioste), si, dis-je, il a été repris
par de fort habiles critiques, pour avoir mêlé

dans cet ouvrage l'histoire des compagnons
d'Ulysse changés en pourceaux, comme étant
indigne de la majesté de son sujet ; que
diroient ces critiques s'ils voyoient celle de
Joconde dans un poëme héroïque ? N'au-
roient-ils pas raison de s'écrier que, si cela
est reçu, le bon sens ne doit plus avoir de
juridiction sur les ouvrages d'esprit, et qu'il
ne faut plus parler d'art ni de regles ? Ainsi,
Monsieur, quelque bonne que soit d'ailleurs
la Joconde de l'Arioste, il faut tomber d'accord qu'elle n'est pas en son lieu.

Mais examinons un peu cette histoire en
elle-même. Sans mentir, j'ai de la peine à
souffrir le sérieux avec lequel Arioste écrit
un conte si bouffon : vous diriez que non
seulement c'est une histoire très-véritable,
mais que c'est une chose très-noble et très-
héroïque qu'il va raconter. Et certes, s'il vouloit décrire les exploits d'un Alexandre ou
d'un Charlemagne, il ne débuteroit pas plus
gravement.

*Astolfo, re dé Longobardi, quello*
*A cui lascio il fratel monaco il regno,*
*Fù ne la giovanezza sua si bello,*

*Che mai poch' altri giunsero a quel segno :*
*N'avria a fatica un tal fatto a pennello*
*Appelle, Zeuzi, o se v'è alcun più degno.*

Le bon messer Ludovico ne se souvenoit
pas, ou plutôt ne se soucioit pas, du précepte
de son Horace :

*Versibus exponi tragicis res comica non vult.*

Cependant il est certain que ce précepte est
fondé sur la pure raison, et que comme il
n'y a rien de plus froid que de conter une
chose grande en style bas, aussi n'y a-t-il rien
de plus ridicule que de raconter une histoire
comique et absurde en termes graves et
sérieux, à moins que ce sérieux ne soit affecté
tout exprès pour rendre la chose encore plus
burlesque. Le secret donc, en contant une
chose absurde, est de s'énoncer d'une telle
manière, que vous fassiez concevoir au lecteur que vous ne croyez pas vous-même la
chose que vous lui contez ; car alors il aide
lui-même à se décevoir, et ne songe qu'à rire
de la plaisanterie agréable d'un auteur qui le
joue et ne lui parle pas tout de bon. Et cela

est si véritable, qu'on dit même assez souvent des choses qui choquent directement la raison, et qui ne laissent pas néanmoins de passer à cause qu'elles excitent à rire. Telle est cette hyperbole d'un ancien poëte comique pour se moquer d'un homme qui avoit une terre d'une fort petite étendue : *Il possédoit*, dit ce poëte, *une terre à la campagne, qui n'étoit pas plus grande qu'une épître de Lacédémonien.* Y a-t-il rien, ajoute un ancien rhéteur, de plus absurde que cette pensée ? Cependant elle ne laisse pas de passer pour vraisemblable, parce qu'elle touche la passion, je veux dire qu'elle excite à rire. Et n'est-ce pas en effet ce qui a rendu si agréables certaines lettres de Voiture, comme celles du Brochet et de la Berne, dont l'invention est absurde d'elle-même, mais dont il a caché les absurdités par l'enjouement de sa narration, et par la manière plaisante dont il dit toutes choses ? C'est ce que M. de La Fontaine a observé dans sa Nouvelle : il a cru que dans un conte comme celui de Joconde il ne falloit pas badiner sérieusement. Il rapporte à la vérité des aventures extrava-

gantes, mais il les donne pour telles. Par-tout
il rit et il joue; et, si le lecteur lui veut faire
un procès sur le peu de vraisemblance qu'il
y a aux choses qu'il raconte, il ne va pas,
comme Arioste, les appuyer par des raisons
forcées, et plus absurdes encore que la chose
même; mais il s'en sauve en riant et en se
jouant du lecteur, qui est la route qu'on doit
tenir en ces rencontres :

*Ridiculum acri*
*Fortius et melius magnas plerumque secat res.*

Ainsi lorsque Joconde, par exemple, trouve
sa femme couchée entre les bras d'un valet,
il n'y a pas d'apparence que dans la fureur il
n'éclate contre elle, ou du moins contre ce
valet. Comment est-ce donc qu'Arioste sauve
cela ? Il dit que la violence de l'amour ne lui
permit pas de faire ce déplaisir à sa femme :

*Ma, da l'amor che porta, al suo dispetto,*
*A l'ingrata moglie, li fu interdetto.*

Voilà, sans mentir, un amant bien parfait ;
et Céladon ni Silvandre ne sont jamais par-

venus à ce haut degré de perfection. Si je ne
me trompe, c'étoit bien plutôt là une raison,
non-seulement pour obliger Joconde à éclater,
mais c'en étoit assez pour lui faire poignarder
dans la rage sa femme, son valet et soi-même,
puisqu'il n'y a point de passion plus tragique
et plus violente que la jalousie qui naît d'un
extrême amour. Et certainement si les hommes
les plus sages et les plus modérés ne sont
pas maîtres d'eux-mêmes dans la chaleur
de cette passion, et ne peuvent s'empêcher
quelquefois de s'emporter jusqu'à l'excès
pour des sujets fort légers, que devoit faire
un jeune homme comme Joconde dans les
premiers accès d'une jalousie aussi bien
fondée que la sienne? Etoit-il en état de garder encore des mesures avec une perfide
pour qui il ne pouvoit plus avoir que des
sentiments d'horreur et de mépris? M. de La
Fontaine a bien vu l'absurdité qui s'ensuivoit
de là : il s'est donc bien gardé de faire Joconde amoureux d'un amour romanesque et
extravagant : cela ne serviroit de rien, et une
passion comme celle-là n'a point de rapport
avec le caractère dont Joconde nous est

dépeint, ni avec ses aventures amoureuses.
Il l'a donc représenté seulement comme un
homme persuadé à fond de la vertu et de
l'honnêteté de sa femme. Ainsi, quand il
vient à reconnoitre l'infidélité ,de cette
femme, il peut fort bien, par un sentiment
d'honneur, comme le suppose M. de La Fontaine, n'en rien témoigner, puisqu'il n'y a
rien qui fasse plus de tort à un homme
d'honneur en ces sortes de rencontres que
l'éclat :

> Tous deux dormoient : dans cet abord, Joconde
> Voulut les envoyer dormir en l'autre monde :
>     Mais cependant il n'en fit rien,
>     Et mon avis est qu'il fit bien.
>     Le moins de bruit que l'on peut faire
>         En telle affaire
>     Est le plus sûr de la moitié.
>     Soit par prudence, ou par pitié,
>     Le Romain ne tua personne, etc.

Que si Arioste n'a supposé l'extrême amour
de Joconde que pour fonder la maladie et la
maigreur qui lui vint ensuite, cela n'étoit
point nécessaire, puisque la seule pensée d'un
affront n'est que trop suffisante pour faire

tomber malade un homme de cœur. Ajoutez
à toutes ces raisons, que l'image d'un hon-
nète homme lâchement trahi par une ingrate
qu'il aime, tel que Joconde nous est représenté dans l'Arioste, a quelque chose de tragique, et qui ne vaut rien dans un conte pour
rire : au lieu que la peinture d'un mari qui se
résout à souffrir discrètement les plaisirs de
sa femme, comme l'a dépeint M. de La Fontaine, n'a rien que de plaisant et d'agréable,
et c'est le sujet ordinaire de nos comédies.
Arioste n'a pas mieux réussi dans cet autre
endroit où Joconde apprend au Roi l'aban-
donnement de sa femme avec le plus laid
monstre de sa cour. Il n'est pas vraisemblable
que le Roi n'en témoigne rien. Que fait donc
l'Arioste pour fonder cela ? Il dit que Joconde,
avant que de découvrir ce secret au Roi, le
fit jurer sur le saint Sacrement, ou sur l'*Agnus
Dei*, ce sont ses termes, qu'il ne s'en ressen-
tiroit point. Ne voilà-t-il pas une invention
bien agréable ? Et le saint Sacrement n'est-il
pas là bien placé ? Il n'y a que la licence ita-
lienne qui puisse mettre une semblable
impertinence à couvert, et de pareilles sottises

ne se souffrent point en latin ni en françois.
Mais comment est-ce qu'Arioste sauvera toutes
les autres absurdités qui s'ensuivent de là ?
Où est-ce que Joconde trouve si vite une hos-
tie sacrée pour faire jurer le Roi ? Et quelle
apparence qu'un roi s'engage ainsi légèrement
à un simple gentilhomme par un serment si
exécrable ? Avouons que M. de La Fontaine
s'est bien plus sagement tiré de ce pas par la
plaisanterie de Joconde, qui propose au Roi,
pour le consoler de cet accident, l'exemple
des rois et des Césars qui avoient souffert un
semblable malheur avec une constance toute
héroïque : et peut-on en sortir plus agréablement qu'il fait par ces vers :

> Mais enfin il le prit en homme de courage,
> En galant homme, et pour le faire court,
> En véritable homme de cour.

Ce trait ne vaut-il pas mieux lui seul que
tout le sérieux de l'Arioste ? Ce n'est pas pourtant qu'Arioste n'ait cherché le plaisant autant qu'il a pu. Et on peut dire de lui ce que
Quintilien dit de Démosthène : *Non displi-
cuisse illi jocos, sed non contigisse;* qu'il ne

fuyoit pas les bons mots, mais qu'il ne les trouvoit pas : car quelquefois de la plus haute gravité de son style il tombe dans des bassesses à peine dignes du burlesque. En effet, qu'y a-t-il de plus ridicule que cette longue généalogie qu'il fait du reliquaire que Joconde reçut de sa femme en partant? Cette raillerie contre la religion n'est-elle pas bien en son lieu? Que peut-on voir de plus sale que cette métaphore ennuyeuse, prise de l'exercice des chevaux, de laquelle Astolfe et Joconde se servent pour se reprocher l'un à l'autre leur paillardise? Que peut-on imaginer de plus froid que cette équivoque qu'il emploie à propos du retour de Joconde à Rome? On croyoit, dit-il, qu'il était allé à Rome, et il étoit allé à Corneto :

*Credeano che da lor si fosse tolto*
*Per gire a Roma, e gito era a Corneto.*

Si M. de La Fontaine avoit mis une semblable sottise dans toute sa pièce, trouveroit-il grace auprès de ses censeurs? Et une impertinence de cette force n'auroit-elle pas été capable de décrier tout son ouvrage, quelques beautés qu'il eût eu d'ailleurs? Mais certes il ne falloit pas appréhender cela de lui. Un homme formé, comme je vois bien qu'il l'est, au goût de Térence et de Virgile, ne se laisse pas emporter à ces extravagances italiennes, et ne s'écarte pas ainsi de la route du bon sens. Tout ce qu'il dit est simple et naturel ; et ce que j'estime sur-tout en lui, c'est une certaine naïveté de langage que peu de gens connoissent, et qui fait pourtant tout l'agrément du discours. C'est cette naïveté inimitable qui a été tant estimée dans les écrits d'Horace et de Térence, à laquelle ils se sont étudiés particulièrement, jusqu'à rompre pour cela la mesure de leurs vers, comme a fait M. de La Fontaine en beaucoup d'endroits. En effet, c'est ce *molle* et ce *facetum* qu'Horace attribue à Virgile, et qu'Apollon ne donne qu'à ses favoris. En voulez-vous des exemples ?

Marié depuis peu ; content, je n'en sais rien :
　　Sa femme avoit de la jeunesse,
　De la beauté, de la délicatesse ;
Il ne tenoit qu'à lui qu'il ne s'en trouvât bien.

S'il eût dit simplement que Joconde vivoit
content avec sa femme, son discours auroit
été assez froid ; mais par ce doute où il s'embarrasse lui-même, et qui ne veut pourtant
dire que la même chose, il enjoue sa narration et occupe agréablement le lecteur. C'est
ainsi qu'il faut juger de ces vers de Virgile
dans une de ses églogues, à propos de Médée,
à qui une fureur d'amour et de jalousie avoit
fait tuer ses enfants :

> *Crudelis mater magis, an puer improbus ille ?*
> *Improbus ille puer, crudelis tu quoque mater.*

Il en est de même encore de cette réflexion
que fait M. de La Fontaine à propos de la
désolation que fait paroître la femme de
Joconde quand son mari est prêt à partir :

> Vous autres bonnes gens auriez cru que la dame
>     Une heure après eût rendu l'âme ;
> Moi qui sais ce que c'est que l'esprit d'une femme, etc.

Je pourrois vous montrer beaucoup d'endroits de la même force : mais cela ne serviroit de rien pour convaincre votre ami ; ces
sortes de beautés sont de celles qu'il faut sen-

tir, et qui ne se prouvent point. C'est ce je ne
sais quoi qui nous charme, et sans lequel la
beauté même n'auroit ni grâce ni beauté.
Mais après tout, c'est un je ne sais quoi ; et
si votre ami est aveugle, je ne m'engage pas
à lui faire voir clair. Et c'est aussi pourquoi
vous me dispenserez, s'il vous plaît, de répondre à toutes les vaines objections qu'il vous
a faites ; ce seroit combattre des fantômes
qui s'évanouissent d'eux-mêmes, et je n'ai
pas entrepris de dissiper toutes les chimères
qu'il est d'humeur à se former dans l'esprit.

Mais il y a deux difficultés, dites-vous, qui
vous ont été proposées par un fort galant
homme, et qui sont capables de vous embar-
rasser. La première regarde l'endroit où ce
valet d'hôtellerie trouve moyen de coucher
avec la commune maîtresse d'Astolfe et de
Joconde au milieu de ces deux galants. Cette
aventure, dit-on, paroît mieux fondée dans
l'original, parcequ'elle se passe dans une
hôtellerie où Astolfe et Joconde viennent
d'arriver fraîchement, et d'où ils doivent
partir le lendemain : ce qui est une raison
suffisante pour obliger ce valet à ne point

perdre de temps, et à tenter ce moyen, quelque
dangereux qu'il puisse être, pour jouir de sa
maîtresse, parceque, s'il laisse échapper cette
occasion, il ne la pourra plus recouvrer :
au lieu que dans la nouvelle de M. D. L. F.
tout ce mystère arrive chez un hôte où
Astolfe et Joconde font un assez long séjour.
Ainsi ce valet logeant avec celle qu'il aime,
et étant avec elle tous les jours, vraisemblable-
ment il pouvoit trouver d'autres voies plus
sûres pour coucher avec elle que celle dont il
se sert. A cela je réponds que si ce valet a recours à celle-ci, c'est qu'il n'en peut imaginer
de meilleure, et qu'un gros brutal, tel qu'il
est représenté par M. D. L. F. et tel qu'il
devoit être en effet pour faire une entreprise
comme celle-là, est fort capable de hasarder
tout pour se satisfaire, et n'a pas toute la prudence que pourroit avoir un honnête homme.
Il y auroit quelque chose à dire si M. D. L. F.
nous l'avoit représenté comme un amoureux
de roman, tel qu'il est dépeint dans Arioste,
qui n'a pas pris garde que ces paroles de
tendresse et de passion qu'il lui met dans la
bouche sont fort bonnes pour un Tircis, mais

ne conviennent pas trop bien à un muletier.
Je soutiens en second lieu que la même raison qui, dans Arioste, empêche tout un jour
ce valet et cette fille de pouvoir exécuter
leur volonté, cette même raison, dis-je, a pu
subsister plusieurs jours, et qu'ainsi, étant
continuellement observés l'un et l'autre par
les gens d'Astolfe et de Joconde, et par les
autres valets de l'hôtellerie, il n'est pas en
leur pouvoir d'accomplir leur dessein, si ce
n'est la nuit. Pourquoi donc, me direz-vous,
M. D. L. F. n'a-t-il point exprimé cela ? Je
soutiens qu'il n'étoit point obligé de le faire,
parce que cela se suppose aisément de soi-
même, et que tout l'artifice de la narration
consiste à ne marquer que les circonstances
qui sont absolument nécessaires. Ainsi, par
exemple, quand je dis qu'un tel est de retour
de Rome, je n'ai que faire de dire qu'il y
étoit allé, puisque cela s'ensuit de là néces-
sairement. De même, lorsque dans la nouvelle de M. D. L. F. la fille dit au valet
qu'elle ne lui peut pas accorder sa demande,
parceque si elle le faisoit elle perdroit in-
failliblement l'anneau qu'Astolfe et Joconde

lui avoient promis, il s'ensuit de là infaillible-
ment qu'elle ne lui pouvoit accorder cette
demande sans être découverte ; autrement
l'anneau n'auroit couru aucun risque. Qu'é-
toit-il donc besoin que M. D. L. F. allât perdre en paroles inutiles le temps qui est si
cher dans une narration ? On me dira peut-
être que M. D. L. F. après tout n'avoit que
faire de changer ici l'Arioste. Mais qui ne
voit au contraire que par là il a évité une
absurdité manifeste, c'est à savoir ce marché
qu'Astolfe et Joconde font avec leur hôte,
par lequel le père vend sa fille à beaux deniers
comptants ? En effet, ce marché n'a-t-il pas
quelque chose de choquant, ou plutôt d'horrible ? Ajoutez que, dans la nouvelle de monsieur de la Fontaine, Astolfe et Joconde sont
trompés bien plus plaisamment, parcequ'ils
regardent tous deux cette fille, qu'ils ont
abusée, comme une jeune innocente à qui ils
ont donné, comme il dit :

La première leçon du plaisir amoureux.

au lieu que dans l'Arioste, c'est une infâme
qui va courir le pays avec eux, et qu'ils ne

sauroient regarder que comme une garce publique.

Je viens à la seconde objection. Il n'est pas vraisemblable, vous a-t-on dit, que quand Astolfe et Joconde prennent résolution de courir ensemble le pays, le Roi, dans la douleur où il est, soit le premier qui s'avise d'en faire la proposition ; et il semble qu'Arioste ait mieux réussi de la faire faire par Joconde. Je dis que c'est tout le contraire, et qu'il n'y a point d'apparence qu'un simple gentilhomme fasse à un roi une proposition si étrange que celle d'abandonner son royaume, et d'aller exposer sa personne en des pays éloignés, puisque même la seule pensée en est coupable ; au lieu qu'il peut fort bien tomber dans l'esprit d'un roi qui se voit sensiblement outragé en son honneur, et qui ne sauroit plus voir sa femme qu'avec chagrin, d'abandonner sa Cour pour quelque temps, afin de s'ôter de devant les yeux un objet qui ne lui peut causer que de l'ennui.

Si je ne me trompe, Monsieur, voilà vos doutes assez bien résolus. Ce n'est pas pourtant que de là je veuille inférer que monsieur

de La Fontaine ait sauvé toutes les absurdités
qui sont dans l'histoire de Joconde ; il y auroit
eu de l'absurdité à lui-même d'y penser ; ce
seroit vouloir extravaguer sagement, puisqu'en effet cette histoire n'est autre chose
qu'une extravagance assez ingénieuse, con-
tinuée depuis un bout jusqu'à l'autre : ce
que j'en dis n'est seulement que pour vous
faire voir qu'aux endroits où il s'est écarté
de l'Arioste, bien loin d'avoir fait de nouvelles fautes, il a rectifié celles de cet auteur. Après tout néanmoins il faut avouer
que c'est à l'Arioste qu'il doit sa principale
invention. Ce n'est pas que les choses qu'il a
ajoutées de lui-même ne pussent entrer en
parallèle avec tout ce qu'il y a de plus ingénieux dans l'histoire de Joconde. Telle est
l'invention du livre blanc que nos deux aventuriers emportèrent pour mettre les noms
de celles qui ne seroient pas rebelles à leurs
vœux ; car cette badinerie me semble bien
aussi agréable que tout le reste du conte. Il
n'en faut pas moins dire de cette plaisante
contestation qui s'émut entre Astolfe et Joconde pour le pucelage de leur commune

maîtresse, qui n'étoit pourtant que les restes d'un valet. Mais, Monsieur, je ne veux point chicaner mal-à-propos. Donnons, si vous voulez, à l'Arioste toute la gloire de l'invention ; ne lui dénions pas le prix qui lui est justement dû pour l'élégance, la netteté et la brieveté inimitable avec laquelle il dit tant de choses en si peu de mots ; ne rabaissons point malicieusement en faveur de notre nation le plus ingénieux auteur des derniers siècles : mais que les graces et les charmes de son esprit ne nous enchantent pas de telle sorte qu'ils nous empêchent de voir les fautes de jugement qu'il a faites en plusieurs endroits ; et, quelque harmonie de vers dont il nous frappe l'oreille, confessons que monsieur de la Fontaine ayant conté plus plaisamment une chose très-plaisante, il a mieux compris l'idée et le caractère de la narration.

Après cela, Monsieur, je ne pense pas que vous voulussiez exiger de moi de vous marquer ici exactement tous les défauts qui sont dans la pièce de monsieur Bouillon ; j'aimerois autant être condamné à faire l'analyse exacte d'une chanson du Pont-neuf par les regles de

la poétique d'Aristote. Jamais style ne fut
plus vicieux que le sien, et jamais style ne fut
plus éloigné de celui de monsieur de La Fontaine. Ce n'est pas, Monsieur, que je veuille
faire passer ici l'ouvrage de monsieur de La
Fontaine pour un ouvrage sans défauts ; je
le tiens assez galant homme pour tomber
d'accord lui-même des négligences qui s'y
peuvent rencontrer ; et où ne s'en rencontre-
t-il point ? Il suffit pour moi que le bon y
passe infiniment le mauvais, et c'est assez
pour faire un ouvrage excellent.

*Ergo, ubi plura nitent in carmine, non ego paucis
Offendar maculis.*

Il n'en est pas ainsi de monsieur Bouillon ;
c'est un auteur sec et aride ; toutes ses expres-
sions sont rudes et forcées ; il ne dit jamais
rien qui ne puisse être mieux dit, et bien
qu'il bronche à chaque ligne, son ouvrage est
moins à blâmer pour les fautes qui y sont,
que pour l'esprit et le génie qui n'y est pas.
Je ne doute point que vos sentiments en cela
ne soient d'accord avec les miens ; mais s'il
vous semble que j'aille trop avant, je veux

bien pour l'amour de vous me faire un effort, et en examiner seulement une page.

> Astolfe, roi de Lombardie,
> A qui son frere plein de vie
> Laissa l'empire glorieux
> Pour se faire religieux,
> Naquit d'une forme si belle,
> Que Zeuxis et le grand Appelle
> De leur docte et fameux pinceau
> N'ont jamais rien fait de si beau.

Que dites-vous de cette longue période ? N'est-ce pas bien entendre la manière de conter, qui doit être simple et coupée, que de commencer une narration en vers par un enchaînement de paroles à peine supportable dans l'exorde d'une oraison ?

> A qui son frere *plein de vie*...

*Plein de vie* est une cheville, d'autant plus qu'il n'est pas du texte. M. Bouillon l'a ajouté de sa grace ; car il n'y a point en cela de beauté qui l'y ait contraint.

> Laissa l'empire *glorieux*...

Ne semble-t-il pas que selon M. Bouillon

il y a un empire particulier des Glorieux, comme il y a un empire des Ottomans et des Romains, et qu'il a dit l'empire *glorieux* comme un autre diroit l'empire Ottoman ? Ou bien il faut tomber d'accord que le mot de *glorieux* en cet endroit-là est une cheville, et une cheville grossiere et ridicule.

*Pour se faire religieux...*

Cette manière de parler est basse, et nullement poétique.

*Naquit d'une forme si belle...*

Pourquoi *naquit* ? N'y a-t-il pas des gens qui naissent fort beaux, et qui deviennent fort laids dans la suite du temps ? et au contraire n'en voit-on pas qui viennent fort laids au monde, et que l'âge ensuite embellit ?

Que Zeuxis et *le grand* Appelle...

On peut bien dire qu'Appelle étoit un grand peintre : mais qui a jamais dit *le grand* Appelle ? Cette épithete de *grand* tout simple ne se donne jamais qu'à des conquérants et à nos

saints. On peut bien appeler Cicéron un grand
orateur ; mais il seroit ridicule de dire le
grand Cicéron, et cela auroit quelque chose
d'enflé et de puéril. Mais qu'a fait ici le pauvre
*Zeuxis* pour demeurer sans épithete, tandis
qu'Appelle est *le grand* Appelle ? Sans mentir,
il est bien malheureux que la mesure du vers
ne l'ait pas permis, car il auroit été du moins
le brave Zeuxis.

> De leur docte et fameux pinceau
> N'ont jamais rien fait de si beau.

Il a voulu exprimer ici la pensée de l'A-
rioste, que quand Zeuxis et Appelle auroient
épuisé tous leurs efforts pour peindre une
beauté douée de toutes les perfections, cette
beauté n'auroit pas égalé celle d'Astolfe. Mais
qu'il y a mal réussi ! et que cette façon de
parler est grossiere : *n'ont jamais rien fait de
si beau, de leur pinceau !*

> Mais si sa grace *sans pareille...*

*Sans pareille* est là une cheville ; et le poëte
n'a pas pu dire cela d'Astolfe, puisqu'il déclare
dans la suite qu'il y avoit un homme au

monde plus beau que lui, c'est à savoir Joconde.

Etoit *du monde la merveille*...

Cette transposition ne se peut souffrir.

Ni les avantages que *donne*
Le royal éclat de son sang...

Ne diriez-vous pas que le sang des Astolfe
de Lombardie est ce qui donne ordinaire-
ment de l'éclat? Il falloit dire ni les avantages que lui donnoit le royal éclat de son
sang.

Dans les *italiques* provinces...

Cette maniere de parler sent le poëme
épique, où même elle ne seroit pas fort bonne,
et ne vaut rien du tout dans un conte, où les
façons de parler doivent être simples et natu-
relles.

Elevoient *au-dessus des anges*...

Pour parler françois il falloit dire, élevoient
au-dessus de ceux des anges...

Au prix des charmes *de son corps.*

*De son corps* est dit bassement et pour rimer. Il falloit dire *de sa beauté.*

Si jamais il avoit vu *naitre...*

*Naître* est maintenant aussi peu nécessaire qu'il l'étoit tantôt.

*Rien qui fût comparable à lui.*

Ne voilà-t-il pas un joli vers ?

> Sire, je crois que le soleil
> N'a jamais rien fait de pareil,
> Si ce n'est mon frere Joconde,
> Qui n'a point de pareil au monde.

Le pauvre Bouillon s'est terriblement embarrassé dans ces termes de pareil et de sans pareil. Il a dit là-bas que la beauté d'Astolfe n'a point de pareille ; ici il dit que c'est la beauté de Joconde qui est sans pareille : de là il conclut que la beauté sans pareille du Roi n'a de pareille que la beauté sans pareille de Joconde. Mais, sauf l'honneur de l'Arioste, que monsieur Bouillon a suivi en cet en-

droit, je trouve ce compliment fort imperti-
nent, puisqu'il n'est pas vraisemblable qu'un
courtisan aille de but en blanc dire à un roi
qui se pique d'être le plus bel homme de
son siècle : J'ay un frere plus beau que vous.
M. D. L. F. a bien fait d'éviter cela, et de
dire simplement que ce courtisan prit cette
occasion de louer la beauté de son frere,
sans l'élever néanmoins au-dessus de celle
du Roi. Comme vous voyez, Monsieur, il n'y
a pas un vers où il n'y ait quelque chose à
reprendre, et que Quintilien n'envoyàt re-
battre sur l'enclume. Mais en voilà assez ; et,
quelque résolution que j'aie prise d'examiner
la page entiere, vous trouverez bon que je
me fasse grace à moi-même, et que je ne
passe pas plus avant. Et que seroit-ce, bon
Dieu ! si j'allois rechercher toutes les imper-
tinences de cet ouvrage, les mauvaises façons
de parler, les rudesses, les incongruités, les
choses froides et platement dites, qui s'y
rencontrent partout ? Que dirions-nous *de
ces murailles dont les ouvertures baillent ; de
ces errements qu'Astolfe et Joconde suivent dans
les pays flamands ?* Suivre des errements, juste

ciel ! Quelle langue est-ce là ? Sans mentir,
je suis honteux pour monsieur de la Fontaine de voir qu'il ait pu être mis en paral-
lele avec un tel auteur ; mais je suis encore
plus honteux pour votre ami. Je le trouve
bien hardi sans doute d'oser ainsi hasarder
cent pistoles sur la foi de son jugement : s'il
n'a point de meilleure caution et qu'il fasse
souvent de semblables gageures, il est au
hasard de se ruiner. Voilà, monsieur, la
maniere d'agir ordinaire des demi-critiques ;
de ces gens, dis-je, qui, sous ombre d'un
sens commun tourné pourtant à leur mode,
prétendent avoir droit de juger souveraine-
ment de toutes choses, corrigent, disposent,
réforment, louent, approuvent, condamnent
tout au hasard. J'ai peur que votre ami ne
soit un peu de ce nombre. Je lui pardonne
cette haute estime qu'il fait de la piece de
M. B. ; je lui pardonne même d'avoir chargé
sa memoire de toutes les sottises de cet
ouvrage : mais je ne lui pardonne pas la con-
fiance avec laquelle il se persuade que tout
le monde confirmera son sentiment. Pense-
t-il donc que trois des plus galants hommes de

I.　　　　　　　　　　　　　34

France aillent de gaieté de cœur se perdre dans l'esprit des habiles gens pour lui faire gagner cent pistoles ? Et depuis Midas, d'impertinente mémoire, s'est-il trouvé personne qui ait rendu un jugement aussi absurde que celui qu'il attend d'eux ?

Mais, monsieur, il me semble qu'il y a assez longtemps que je vous entretiens, et ma lettre pourroit à la fin passer pour une dissertation préméditée. Que voulez-vous ? C'est que votre gageure me tient au cœur, et j'ai été bien aise de vous justifier à vous même le droit que vous avez sur les cent pistoles de votre ami : j'espère que cela servira à vous faire voir avec combien de passion je suis, etc.

FIN DU TOME PREMIER.

# TABLE DES CONTES

CONTENUS DANS LE PREMIER VOLUME.

———

*20 Août 67*

ÉVREUX, IMPRIMERIE DE CHARLES HÉRISSEY